nids Haus
Foodtruck
Verlassener
Bahnhof
Berg
Kühe
Schule
Moschee
Höhle
Verladebahnhof

Völlig meschugge?!

Andreas Steinhöfel
Melanie Garanin

Völlig meschugge?!

Nach einem Drehbuch von Klaus Döring und Adrian Bickenbach
Manga-Sequenzen nach Zeichnungen von David Füleki

CARLSEN

1. Kapitel

Schöne Mischpoke

ICH BIN CHARLY.
GUCKT EUCH DIESEN SCHLAMASSEL AN. BENNY WÄRE BEINAHE TOT UND HAMID WÄRE BEINAHE DRAN SCHULD.

TJA. VON VORNE?

WIR WAREN IN DIESEM SOMMER ALLE AUF DIE NEUE SCHULE GEKOMMEN. ALS BESTE FREUNDE. UND DANN? DANN GING ALLES KAPUTT. ABER BEGONNEN HAT DIE GESCHICHTE, WIE JEDE GESCHICHTE, VIEL FRÜHER …

… UND ZWAR HIER, AN UNSEREM MEISTERWERK. DIE ALTE MODELL-EISENBAHN, DIE ICH VON MEINEM PAPA GEERBT HABE. ALSO NICHT WIE IN »MEIN PAPA IST TOT« GEERBT. EHER WIE IN »MEIN PAPA HAT MICH SO LANGE MIT SEINEM ALTEN SPIELZEUGMÜLL AUF DEM DACHBODEN EINGESPERRT, BIS ICH DAS ZEUG AUCH GANZ TOLL FAND«. UND BENNY UND HAMID DANN AUCH.

WIR HABEN UNSERE WELT NACHGEBAUT: STADT, LANDSCHAFT. IRGENDWO STEHT SOGAR 'NE KUH. FÜR HAMIDS WELT MUSSTEN WIR NOCH ANBAUEN: SYRISCHE WÜSTE.

NERDIG? ABER SO WAS VON! UND WIR LIEBEN ES. ALLES LÄUFT AUF SCHIENEN, VORHERSEHBAR, GEORDNET. VOLLE KONTROLLE.

OKAY, **MEISTENS** VOLLE KONTROLLE.

HAMID WUSSTE, ICH HÄTTE IHM DEN KOPF DAFÜR ABGERISSEN. ABER AUCH WIEDER ANGEKLEBT! DIE MODELLBAHN IST MIR HEILIG. MEINE FREUNDE SIND MIR NOCH HEILIGER.

MAMA IST VOLL INTEGRATIV ... INTEGRAL ... INTEGRELL ... IHR WISST SCHON.
SIE SETZT SICH FÜR ALLES EIN, WAS NICHT RECHTZEITIG VOR IHR FLÜCHTEN KANN.
ZUM BEISPIEL FLÜCHTLINGE.

MANCHMAL DENK ICH, ICH BIN SCHON MIT EINEM SKATEBORD UNTER DEN FÜSSEN AUF DIE WELT GEKOMMEN. LOSFAHREN, SPEED AUFNEHMEN, MICH MIT DEM WIND TREIBEN LASSEN ...
DIE MODELLEISENBAHN BEDEUTET KONTROLLE.
DAS SKATEBOARD BEDEUTET, DASS ICH ALLE KONTROLLE AUFGEBEN KANN.

NICHT SCHLIMM, WENN ICH EIN BISSCHEN ZU SPÄT KOMME. ICH GLAUBE, ICH WEISS SOWIESO, WORUM ES BEI DER »VERSAMMLUNG« GEHT. DIE SPATZEN PFEIFEN ES JA SCHON VOM DACH.

DER COOLSTE LEHRER AN UNSERER SCHULE IST HERR FISCHER. LAUT IHM GIBT ES NUR ZWEI MÖGLICHKEITEN: ENTWEDER WIR SCHÜLER SIND EIN HAUFEN UNACHTSAMER, VERGESSLICHER DEPPEN. ODER EINES (ODER AUCH EIN PAAR MEHR) VON UNS KLEINEN UNSCHULDSLÄMMERN MACHT GROSSE GESCHÄFTE. FISCHER TIPPT AUF VARIANTE 2, BETONT ABER, DEPPEN SEIEN DIE MEISTEN VON UNS NATÜRLICH TROTZDEM.

WIE AUCH IMMER ...

GESUCHT!
Diese
Handys werden vermisst!
IN DER SCHULE HÄNGEN SEIT NEUESTEM ÜBERALL PLAKATE MIT BILDERN VON VERSCHWUNDENEN HANDYS. AM ANFANG DACHTEN ALLE NOCH, DAS WÄRE ZUFALL, ABER INZWISCHEN SIND ZEHN SMARTPHONES IN VIER WOCHEN »VERLOREN WORDEN«.
Hä??? Mist.
Was geht ab, Picasso?
Ich heiße Al-Barazi!
Al Fratzi?
Hi, Lennart. Na? Wo is denn dein Fußvolk?
Ach. Der Babysitter.
Hab dich schon vermisst ...
Ich dich gar nicht.
Kann ja noch werden. Ciao, Al Fratzi!
UND DAMIT ABGANG LENNART HOFER. MUSS ICH ES AUSSPRECHEN? NEE ... ABER, ACH, ICH TU'S SO GERNE, BESONDERS FÜR IHN: LENNART IST EIN ARSCH! ALSO SO EIN ECHTER KLASSIKERARSCH! ICH WÜNSCHTE, ICH KÖNNTE IHN SO COOL AUFLAUFEN LASSEN, WIE BENNY DAS KANN. ABER DAZU KOCHE ICH ZU SCHNELL ÜBER.

Alles klar?
Ja ... Nur: Mein Schloss ist kaputt.
Warte mal ... Ich habe doch noch ... Da ist doch irgendwo ... **Tadahhh! Tattaaa!**
Von deinem Papa? »Damit sich der Junge immer zu helfen weiß!« Stimmt's? Haha, danke, geilomat!
So, die Herren.
Es geht los.
Alle in die Aula!
DAS IST DER FISCHER!

WENN IHR GENAU HINSEHT, ERKENNT IHR ÜBRIGENS HAMIDS ÄLTERE SCHWESTER, CHARDA. PLUS DEN TYP, DER NEBEN IHR SITZT, PHILIPP IRGENDWAS, DREI JAHRGÄNGE ÜBER UNS.
»VERBOTENE LIEBE«.
HAMID MEINT, SEINE ELTERN WÜRDEN AUSFLIPPEN, WENN SIE DAVON WIND BEKÄMEN.

Na ja ... Die einen kennt man gut, die anderen weniger gut. Hängt wahrscheinlich vom Beruf ab, Lennart Hofer!
Spaß beiseite. Da die Handydiebstähle alle hier an der Schule begangen wurden, bitte ich euch, besonders wachsam zu sein! Ich bin jetzt öfter hier und werde im ersten Schritt mit allen sprechen, die ....
RRRummms...

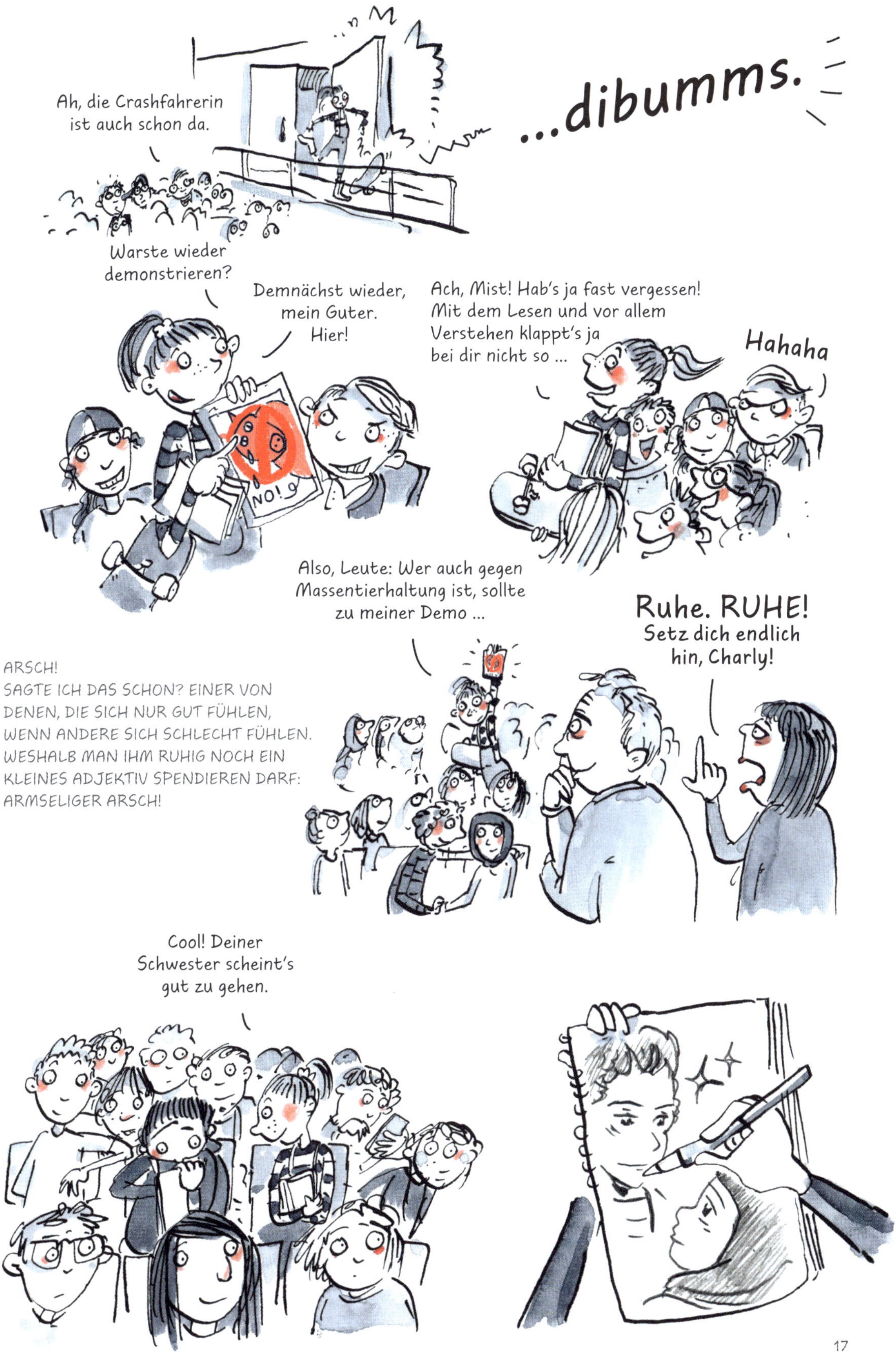

Ah, die Crashfahrerin ist auch schon da.
...dibumms.
Warste wieder demonstrieren?
Demnächst wieder, mein Guter. Hier!
NO!
Ach, Mist! Hab's ja fast vergessen! Mit dem Lesen und vor allem Verstehen klappt's ja bei dir nicht so ...
Hahaha
Also, Leute: Wer auch gegen Massentierhaltung ist, sollte zu meiner Demo ...
Ruhe. RUHE! Setz dich endlich hin, Charly!
ARSCH!
SAGTE ICH DAS SCHON? EINER VON DENEN, DIE SICH NUR GUT FÜHLEN, WENN ANDERE SICH SCHLECHT FÜHLEN. WESHALB MAN IHM RUHIG NOCH EIN KLEINES ADJEKTIV SPENDIEREN DARF: ARMSELIGER ARSCH!
Cool! Deiner Schwester scheint's gut zu gehen.

CAFETERIAS EIGNEN SICH NICHT BESONDERS FÜRS VERTEILEN VON FLYERN GEGEN MASSENTIERHALTUNG. DIE MEISTEN MEINER MITSCHÜLER WICKELN BLOSS IHRE ESSENSRESTE DRIN EIN.
Party?
Nee, Demo. Organisiere ich gerade. He! Weißt du, wie viele Schweinchen für deinen Burger abgemurkst wurden? Aber klar! Hauptsache, es schmeckt.
Genau.
Cooler Auftritt, Miss Piggy. Wir sehen uns noch.
OKAY, ICH NERVE. ABER MICH NERVT'S HALT, WIE DIE MEISTEN TIERE GEHALTEN WERDEN, BEVOR WIR SIE AUFESSEN. WESHALB ICH KEINE MEHR ESSE. ABER DAFÜR SCHOKOLADE. WOBEI DIE HALTUNGSBEDINGUNGEN DER DURCHSCHNITTLICHEN KAKAOBOHNE AUCH NICHT SO PRALLE SIND.
DOPPELARSCH! ... DAS BASECAP IN SEINEM SCHLEPPTAU IST JASMIN.
WIR SIND MAL FREUNDE GEWESEN, SIE, BENNY, HAMID UND ICH.
Ups. Sorry, Picasso.
Hahaha
DAS »GEWESEN« ERKENNT MAN DARAN, DASS SIE JETZT MIT LENNART ABHÄNGT. ABER ZU JASMIN SPÄTER MEHR, ERST MAL MUSS ICH ...

Keiner will einen.
Könnte am Design liegen ...
Danke! Wer 'nen Maler als Freund hat, braucht keine Feinde mehr!
ZEICHNER!
Jaja. Also ... Machst du einen Flyer für mich? Wie das Plakat für meine Mutter?
Klaaar.
Hey! Ich esse einen Burger weniger, wenn ihr mitkommt. Überraschung! Um vier hinterm Skaterpark. Bringt Kletterschuhe mit ...
Keine Chance. Die bleiben an. Ich komm in Gelb oder gar nicht.

ACH, ÜBRIGENS SIND HAMID UND ICH NICHT DIE EINZIGEN, DIE STRESS MIT LENNART HABEN. BENNY AUCH. WEIL ER DER ÜBERFLIEGER IST.

UM BENNY HERUM IST IMMER SO VIEL LOS, DASS ICH WARTEN MUSS, BIS ER AUS DEM BILD RAUS IST, UM IHN ZU BESCHREIBEN. ER HAT DIESE ART VON FUNKENSPRÜHENDER ENERGIE, DIE SICH AUF ANDERE ÜBERTRÄGT. DAMIT ZIEHT ER LEUTE AN. BENNY KANN STRAHLEN WIE EINE SONNE. WENN DU DABEI IN SEINER NÄHE STEHST, WIRD DIR WARM UND DEINE SORGEN FÜHLEN SICH LEICHTER AN.

JEDENFALLS SO LANGE, BIS BENNY SELBER MAL SORGEN HAT ...

Nein, erst nachher, ich muss noch mal los – aber es hat was mit Höhlen zu tun.
Ah ja ... Höhlen haben was Magisches ... Die hier würde ich gern noch sehen: die Ajalon-Höhle in Israel.
Noch?

Äh... Die fehlt NOCH in meiner Sammlung ...
Nimmst du mich mit?
Klar – müsste nur noch etwas trainieren, um wieder fitter zu werden.
So wie ich.
Hahaha, jaaa. Auaa!
Alles okay? Geht's dir nicht gut?
Doch, doch ... nur etwas schlecht geschlafen ... letzte Nacht.

NA? WER IST WOHL ALS EINZIGE ZUR VERABREDETEN ZEIT AM VERABREDETEN ORT? JEPP. ICH.

DER SKATERPARK ...
BIS VOR EIN PAAR
JAHREN WAR HIER
NOCH DIE HÖLLE LOS.
INZWISCHEN KOMMEN
NUR NOCH DIE KIDS,
DIE WIRKLICH GERNE
SKATEN.

HIER GEHE ICH HIN,
WENN ICH MICH AUS-
POWERN WILL.
MANCHMAL AUCH
BLOSS, WENN ICH
ALLEIN SEIN WILL.
AUSSERDEM
SCHULT SKATEN DIE
KONZENTRATION. UND
DAS REAKTIONS-
VERMÖGEN.

APROPOS ...

Vorsicht, Gummiente! Vor allem nach deinen Frechheiten heute Morgen in der Aula ...
Wie wäre es mit ein bisschen Rumscheuchen?
Lauf, kleine Charly, lauf!

GUMMIENTE?
BESSER ALS LAHME ENTE ... TROTZDEM ... HAB ICH SIE ABGEHÄNGT?
VIELLEICHT HÄTTE ICH MICH NICHT LUSTIG MACHEN SOLLEN ...
IST NICHT ZU SPASSEN MIT LENNART UND JASMIN UND
IHREM IDIOTENTRUPP.

Mist – und wo ist jetzt mein Handy?
Verdammte Axt, dann könnte ich
wenigstens die anderen anrufen.

HATTE ICH ANGST?
NEE, NICHT WIRKLICH. ICH BAUTE DARAUF,
DASS JASMIN UND ICH MAL DICKE MITEINANDER GEWESEN WAREN UND DASS SIE LENNART UNTER KONTROLLE HATTE. ANDERERSEITS WAR ICH NICHT SCHARF DARAUF, NASS ZU WERDEN.
ERFREULICHERWEISE LIESS DIE RETTUNG NICHT LANGE AUF SICH WARTEN.
FREUNDE LASSEN EINEN NICHT IM REGEN STEHEN.
ODER IN DEM, WAS VOM REGEN ÜBRIG IST …

Und was, wenn nicht?
Dann erlebst du mich in Bestform.
Oha.
Der Basketballstar wird größenwahnsinnig ...
Na denn ... Lust auf Eis, Schnucki?
Immer gern.
Puh, das war knapp. Danke.
Kein Ding. Wollen wir los?

MIT BENNY FÜHLT SICH ALLES AN, ALS SOLLTE ES IMMER GENAU SO SEIN, WIE ES GERADE IST. ODER ALS WÄRE ES IMMER SCHON SO GEWESEN. NICHTS FÄLLT IHM SCHWER. ER IST DER ÜBERFLIEGER IN DER SCHULE, MACHT VON SICH AUS NIE MIT IRGENDWEM STRESS. UND ER TRAUT SICH WAS – LEGT LOS, WENN ANDERE NOCH ZÖGERN, UND REISST DICH DABEI EINFACH MIT. DAS EINZIGE, WAS AN BENNY EVENTUELL NERVT, IST SEINE VERDAMMTE PERFEKTION.
Dauert's noch lange?

Ich tippe mal:
Du führst uns zu 'ner
verwesten Leiche.
Hä? Haha ...
Ich glaube, du solltest
mal wieder Fleisch essen.

Dieser kleine Fleischfresser soll mal nur nicht glauben, wir hätten seinen unsensiblen Blödsinn nicht gehört! So was schlägt mir voll auf die Mägen ...

Das ist hier wie in diesem Film ... Da suchen die Kinder eine ...
NEIN. Keine Leiche. Viiiiel besser.
Zwei Leichen?
Hahahaha!

AB DANN GAB'S ERST MAL NIX MEHR ZU LACHEN. ES GING NUR NOCH BERGAUF. UND ICH BIN NICHT GERADE EINE SPORTSKANONE. NICHT MAL DANN, WENN ICH KEIN SKATEBOARD UNTER MEINEN STIEFELN HABE. DAS HIER WAR JEDENFALLS ...

HAMID ... IST BIS JETZT ETWAS ZU KURZ GEKOMMEN, BEFÜRCHTE ICH. ER HAT'S MEHR SO MIT TROCKENEM HUMOR. WENN ER ÜBERHAUPT MAL EINEN WITZ MACHT. MEISTENS GUCKT ER NUR RUM. GUCKT UND GUCKT, UND IRGENDWANN FÄNGT ER DANN AN ZU ZEICHNEN.

FRÜHER DACHTE ICH MAL, ER HÄLT SICH VIEL ZU VIEL IN SEINEN COMICS AUF – ALS WÄREN DIE DAS ECHTE LEBEN. SPÄTER VERSTAND ICH, DASS ER DAS ECHTE LEBEN OHNE SEINE COMICS NICHT DURCHSTEHEN KÖNNTE.

So, ich bin oben – und jetzt?
Ist das cool oder ist das cool? Und die passende Festbeleuchtung hab ich auch. **Tataaa!**
Das sind keine Pommes, ich schwöre! Das sind diese Leuchtstäbchen.

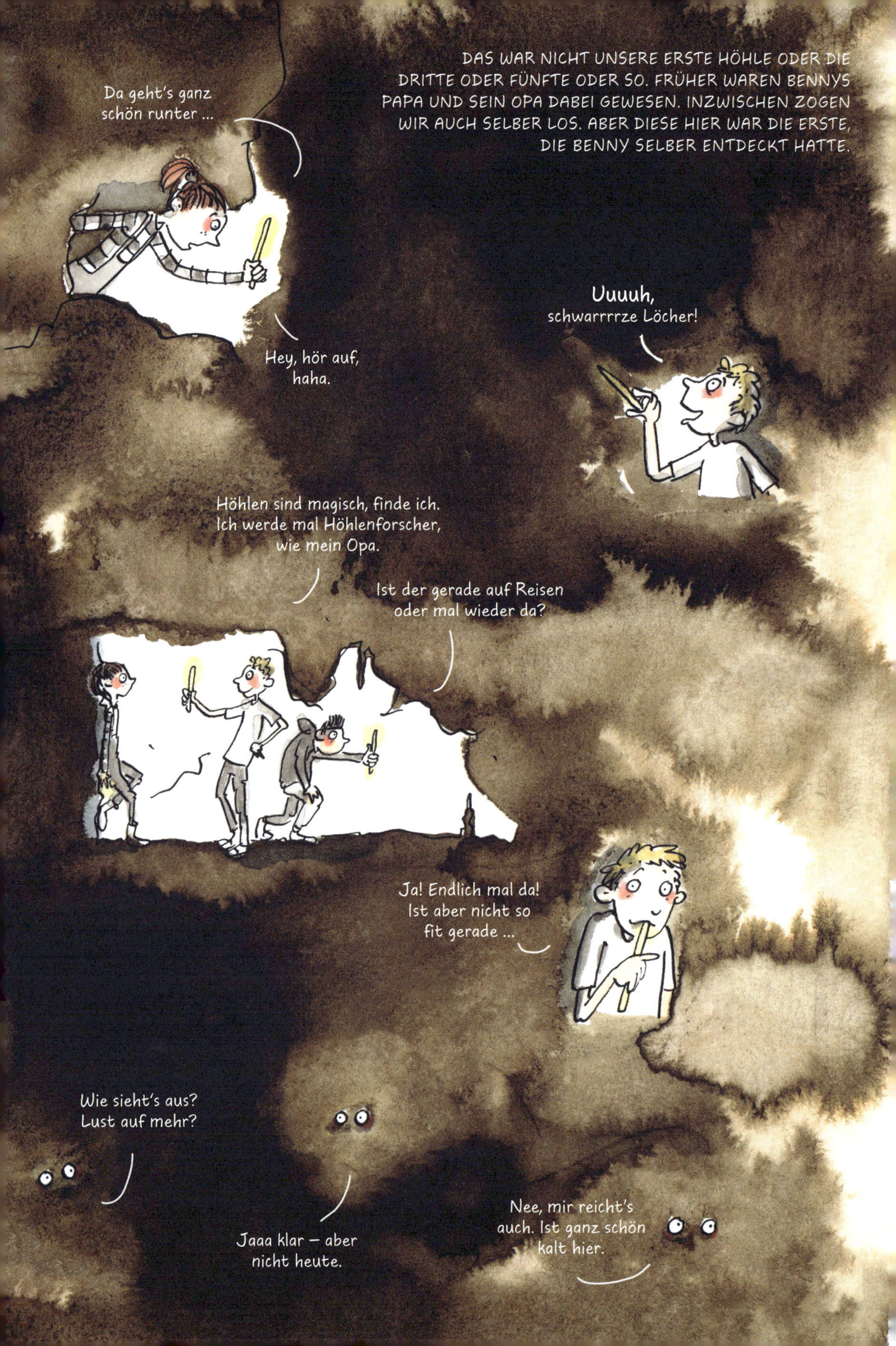
DAS WAR NICHT UNSERE ERSTE HÖHLE ODER DIE DRITTE ODER FÜNFTE ODER SO. FRÜHER WAREN BENNYS PAPA UND SEIN OPA DABEI GEWESEN. INZWISCHEN ZOGEN WIR AUCH SELBER LOS. ABER DIESE HIER WAR DIE ERSTE, DIE BENNY SELBER ENTDECKT HATTE.
Da geht's ganz schön runter ...
Hey, hör auf, haha.
Uuuuh, schwarrrrze Löcher!
Höhlen sind magisch, finde ich. Ich werde mal Höhlenforscher, wie mein Opa.
Ist der gerade auf Reisen oder mal wieder da?
Ja! Endlich mal da! Ist aber nicht so fit gerade ...
Wie sieht's aus? Lust auf mehr?
Jaaa klar – aber nicht heute.
Nee, mir reicht's auch. Ist ganz schön kalt hier.

Okay, ein anderes Mal ...
Selfie! Cheeeeese!
FRIENDS 4EVER!
BENNY UND ICH HABEN UNS IN DER KRABBELGRUPPE SCHON DIE WINDELN GETEILT. ALS WIR LÄNGST STUBENREIN WAREN, KAM HAMID DAZU, PASSEND ZUR EINSCHULUNG. FLÜCHTLINGSKIND. BENNY UND ICH NAHMEN IHN EINFACH AN DIE HAND. MAMA WAR INTEGRATIV BEGEISTERT! DAMALS WAR AUCH NOCH JASMIN DABEI. TJA ...

BEI BENNY ZU HAUSE

Kannst wohl auch nicht schlafen?
Nee, hier ist Stress – wegen meinem Bruder.
MeineS BruderS!
Ha ha ha, Streber. Und du?
Mmmh. Die Fotos von der Höhle sind super, konnte sie meinem Opa aber nicht zeigen. Dem geht's nicht so gut.
Na? Bei euch piept's wohl, was?
Hä?
Hä?
Meine neue Nummer. Vom Ersatzhandy.
Ha ha ha.
Ha ha-ha ha.
Das war cool heute, machen wir öfter!
Jaaa, der Berg ruft!
Die Demo aber auch. Nicht vergessen!
Wie könnten wir?
Ha ha ha ha ha ha.

Hi, Benny!
Bleib doch mal stehen.
Auf manche Sachen komm ich halt nicht ganz klar …
Und da wirfst du meine Freunde in 'ne Pfütze?
WAS?
Nein! Ja! Ich mein … Ich check's halt nicht …
… dir? Und dem beknackten Lennart? Oh Mann, Jasmin. Ciao.
Ja, Ciao. Spiel weiter mit eurer Scheiß-kindereisenbahn.

Das war doch nur Spaß gestern.
Jaja, von wegen ...!
Warum du immer noch mit dem Haback abhängst! Und mit der Ökoziege.
Und nicht mit ...
Werd ich.
DA WAR SIE:
JASMINS DUNKLE SEITE.

WIE REGEN AUF IHRER SEELE.
AUS DEM NICHTS KANN SIE EXPLODIEREN.
FRÜHER WAREN WIR FREUNDE.
WIR HATTEN SPASS, HABEN QUATSCH GEMACHT, UNS GEGENSEITIG VERSCHAUKELT.
BIS ANDERE SACHEN SICH HOCHSCHAUKELTEN …

Cool!
Guck mal, das Plakat für meine Mutter. Für die Lesung.
Echt? Und da sind wir drauf?
Ja! Die Dichterin schreibt auch über Naturzeug und so ...
Mama, ich bin doch in der Schu...
Was???

BENNYS OPA WAR BEIM ARZT ZUSAMMENGEBROCHEN UND SOFORT MIT DEM RETTUNGSWAGEN INS KRANKENHAUS GEBRACHT WORDEN. INTENSIVSTATION. RÜCKBLICKEND WÜRDE ICH SAGEN: DAS WAR DER MOMENT, ALS ALLES INS ROLLEN KAM. UND DANN FAHRT AUFNAHM UND SCHNELLER UND IMMER SCHNELLER WURDE. ABER VORHER …

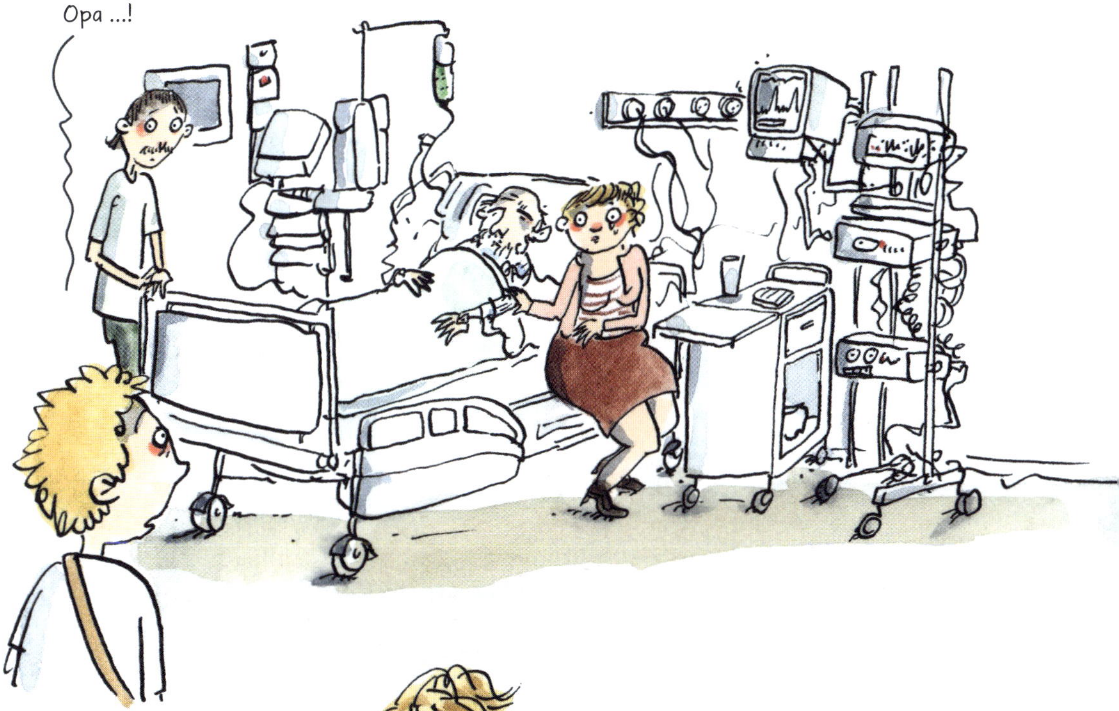
Opa ...!

Was denn?

Willst du
die hier?

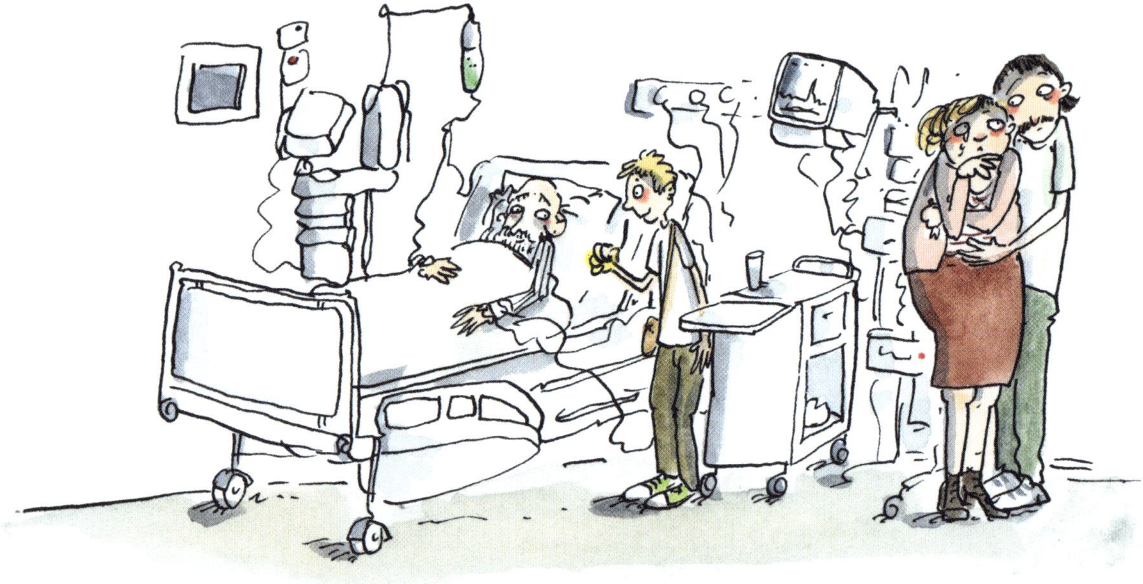

UND DAS WAR DIESES DING,
MIT DEM ALLES ANFING:

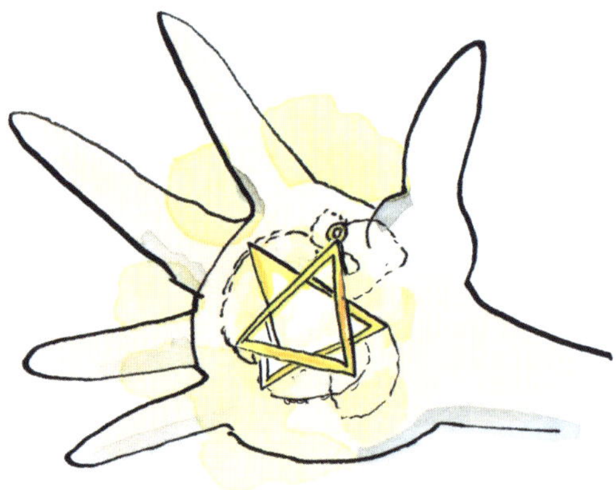

EIN HARMLOSER
KLEINER DAVIDSTERN.

BENNYS OPA HATTE SCHON LANGE EIN SCHWACHES HERZ GEHABT, DAS WAR ALSO NICHTS NEUES. ABER JETZT – JETZT KÄMPFTE ER UM SEIN LEBEN. FÜR UNS WURDEN SO DINGE WIE GESTOHLENE HANDYS UND ALL DER ANDERE STRESS PLÖTZLICH ZUR NEBENSACHE.

2. Kapitel

Zoff

Lieber Opa!
Jetzt bist du wieder allein losgereist. Ohne mich!
Und auch nicht zur Ajalon-Höhle, wie wir es besprochen hatten.
Sondern ganz woandershin.
Ich werde auf alle Fälle noch ganz viele Höhlen für dich fotografieren.
Und dir davon schreiben!
Gute Reise,
Opa ♡

BENNY BRACHTE EINEN ABSCHIED HINTER SICH.
UND HAMID UND ICH EINE LESUNG ...

»Es gäb im Garten Platz für jeden,
wäre ein jeder nicht des andern Feind …
Buchhandlung Bürger
… in Eintracht könnten alle
miteinander leben …
… in Blütenpracht und
Blumenduft vereint.«
Vielen Dank!

Danke!
Danke!
Applausapplaus
Applausapplaus
Applausapplaus
Applausapplaus
Gähn
MAMA HATTE MICH ZUR LESUNG GEBETEN. ABER EIGENTLICH WAR ICH NUR DA, WEIL HAMID DAS PLAKAT DAFÜR GEZEICHNET HATTE.
KONNTE JA KEINER AHNEN, WIE SEHR DAS AUSUFERN WÜRDE ... NUR WEGEN SO EINEM KLEINEN GEDICHT!
Dein Plakat hätten wir uns auch ohne Gutenachtgereimtes angucken können ...
Nee, ich finde, mein Bild funktioniert super zusammen mit den Texten.
Schade, dass Benny nicht dabei ist.
Stimmt.
Sollen wir vielleicht mal bei ihm vorbeischauen?

Neee, er hat gesagt, sobald es ihm besser geht ...
Ja! Trotzdem!
Ich habe extra für heute noch einen Text geschrieben. Dürfte ich ...
Oh ja! Natürlich!
Ich finde, wir sollten ihn erst mal in Ruhe lassen.
Da sind wir gespannt!
Guck mal, die macht noch weiter.

Ihr redet von
Respekt und Ehre,
Von Stolz,
und all das wäre
In Arabisch geschrieben,
In einem Buch über
das Lieben.
Aber Lieben bedeutet doch,
Ob Mann, ob Frau
oder noch
viel mehr, dem
andern
sein
Sein
Zu
lassen
und nicht nur
aus Schein.
Nur,
was ist das
für eine Liebe,
Die oft spricht
durch Hiebe.
Die uns zwingt
hinter
Tuch und Schleier
Und
dann sagt,
Das macht freier?

Ähm... Interessante Gedanken, liebe Fatima Yildiz ...
Wow! Endlich was los!
Die ist der Hit. Aber auch ... krass.
Es kommen auch noch ein paar Strophen ...
Keiner zwingt wen ...
Das ist doch rassistisch ...
So sind alle Männer ...
Das geht aber zu weit ...

MAMA HAT FRÜHER AUCH FÜR DIE FRAUENRECHTE DEMONSTRIERT. DIE SOLLTEN FÜR ALLE FRAUEN GELTEN, ÜBERALL AUF DER WELT. TUN SIE ABER NICHT. DESHALB HATTE FATIMA RECHT MIT IHRER WUT. UND PLÖTZLICH WAR MAMA DAS PEINLICH. ALS OB SIE IHRE IDEALE VON FRÜHER VERGESSEN HÄTTE.

Das Ende fand ich cool.
Also ICH nicht.
Aber so Slams sind total hip gerade. Und besser als Blümchengedichte, Papa.
Bisschen arg einseitig.
ICH SAG'S MAL SO: ARSCHLÖCHER GIBT ES ÜBERALL. MENSCHEN, DIE ES GENIESSEN, ANDEREN ANGST ZU MACHEN. DAS HAT MIT KULTUR UND RELIGION NIX ZU TUN.
Mama hat die Fatima echt rausgeschmissen?!
Na ja ... Das Publikum soll unsere Bücher kaufen. Und du hast doch gemerkt, dass das echt nicht jedermanns Sache war.
EHER DAMIT, DASS MAN SICH SELBER SCHEISSE FÜHLT UND DAS AN ANDERE WEITERGIBT. ODER EINFACH DAMIT, DASS ES SICH TOLL ANFÜHLT, MACHT ÜBER ANDERE ZU HABEN.

So allein unterwegs, Picasso?
Eben war's dir noch zu einseitig.
War es ja auch! Diese Fatima hat eben nur einen einzigen Blickwinkel.
Hä? Und das Tuscheln? Da fing doch gerade eine spannende Diskussion an, mit anderen Meinungen …
Ach, Charly, das ist zu kompliziert, das verstehst du erst …
Wo ist denn dein Aufpasser?
Ist krank.
Wenn du größer bist! JAJA. Danke. Dann warten wir mal auf den Wachstumsschub.
Ooooch … Dann ist ja niemand da, der dem kleinen Al Fratzi helfen kann … Gib mal dein Händchen …
WTF? DER BUCHLADEN FINANZIERT ZWAR MEIN LEBEN ALS WOHLSTANDSKIND. ABER WENN DER PREIS DAFÜR IST, MEINE MEINUNG AN DER LADENKASSE ABZUGEBEN …

Nur, was ist das für eine Liebe, Die oft spricht durch Hiebe.
Es soll Künstler geben, die auch mit gebrochenen Fingern malen können ...
Mach ihn fertig!
Nicht ... Bitte!
Ihr redet von Respekt und Ehre,
Manche aber auch nicht. Und das wäre doch schaaaade, oder?
Aber so was von, Lenn-Man! Haha
Hat sich eh schon vollgemacht. Los! Hau ab!
BUH!

DOM!
BAM!
KICK!
Du musst dich mehr anstrengen, Raduan!
Hallo! Sorry! Hab die Uhrzeit vergessen!

Daran liegt's doch nicht!
Raduan ist rausgeflogen.
Hey, Bruder! Das lag nur an dem Meister. Voll rassistisch ... die Kartoffel.
Papa hat schon alles verkauft, der braucht Nachschub.
Is was, Hamid?

Was????
Nö ...
War noch
bei Frau ...
Frrau? Mein kleiner Bruder
war bei einer Frau???
Ey, Raduan.
Bei einer Lesung
war ich.
Ah,
der kleine
Klugscheißer.
Wär auch was
für dich gewesen, sie
hat Gedichte vor-
getragen.
Haha,
ganz sicher
nichts für
mich!
Und einen
Slam.
Das kenn ich.
Is wie Rap.
Genau: Sie hat auch übers
Kopftuch gesprochen und
warum sie keins ...
Ach, so eine ist
das. Das sind keine
Schwestern mehr ...
Das sind Schlampen.
Ohne Ehre.
Raduan. Nur
wegen dem
Kopftuch?!

Fängst du jetzt auch so an?

Respekt! Darum geht's!
Respekt, Respekt. Immer nur Respekt, statt arbeiten zu gehen wie deine Mama.

Ich ARBEITE, Mama! Ich helfe dir.
Während der süße Hamid hier sich so 'nen Mist anhört!
Bis später ...

Bin gleich
wieder da ...

Warum tut sich Raduan so schwer? Er kann so viel, war immer für uns da ... Wäre für uns ins Meer gesprungen.
Ich weiß.

Hätte es mit jedem Hai aufgenommen.
Aber warum kämpft er hier nicht?

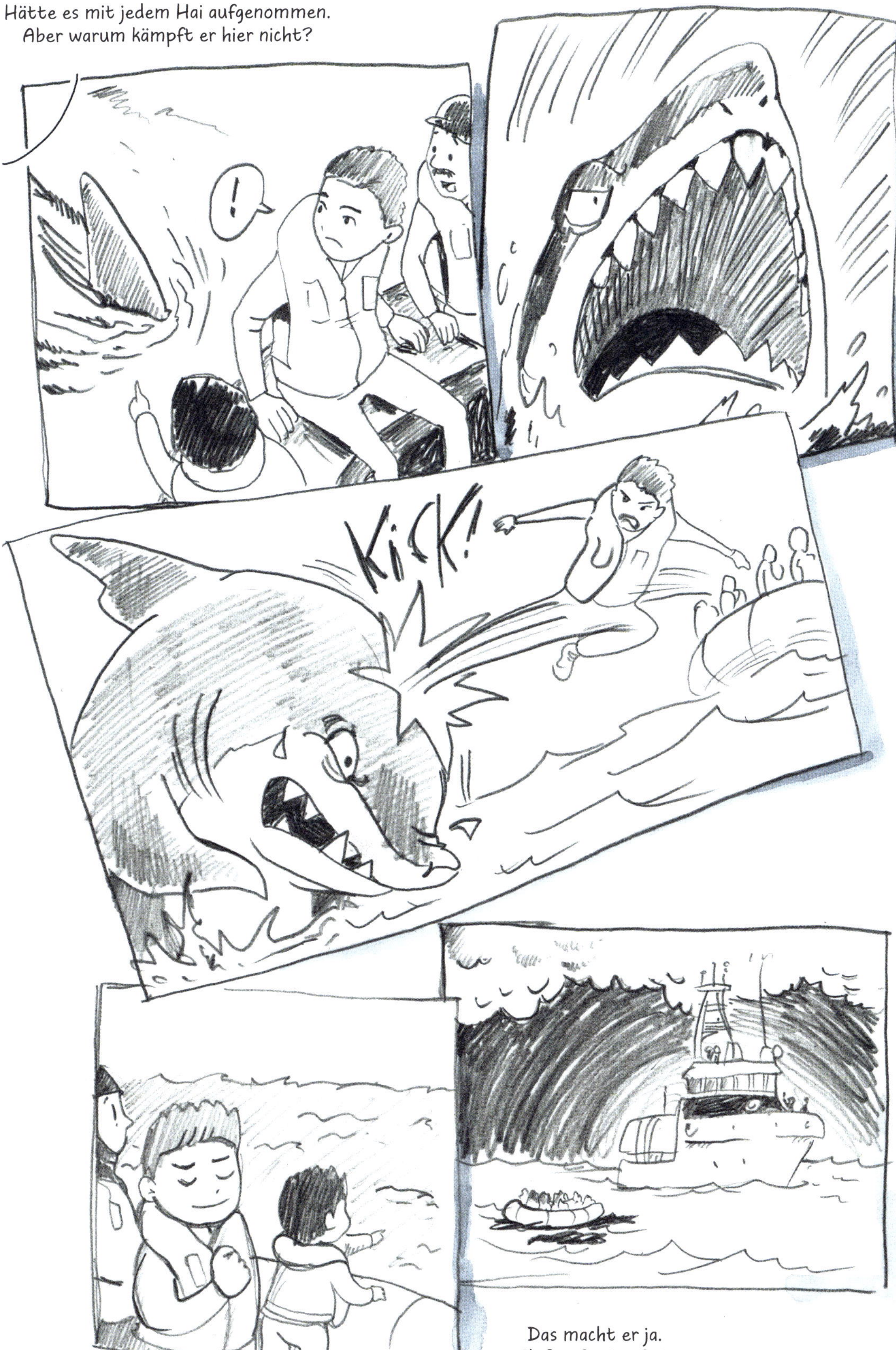

Das macht er ja.
Bloß auf seine Art.

ÁLLAMHATÁR
STATE BORDER
STAATSGRENZE
Republik Österreich
Bisschen mehr Farbe vielleicht?

VON MANCHEN SACHEN, DIE BEI IHM ZU HAUSE ABGEHEN, ERZÄHLT UNS HAMID. VON ANDEREN NICHT. ABER WAS AUCH IMMER IHN BESCHÄFTIGT, PACKT ER IN SEINE COMICS. ER KANN DAS VOLL GUT, ZEICHNEN, GRAFIKEN BASTELN UND SO. DESHALB HAT ER MIR AUCH MEINEN FLYER GESTALTET ...

Hat deine Mutter echt die Lesung abgebrochen?
Ja. Typisch, bei denen muss immer »alles gut« sein, blooooß kein Streit.
DEMO
DEMO

Benny!!!!
Mann, mega, dass du zurück bist!

ICH HÄTTE NIE GEDACHT, DASS DIESER TAG DEN BEGINN VOM ENDE UNSERER FREUNDSCHAFT MARKIEREN WÜRDE. RÜCKBLICKEND WUNDERT ES MICH ALLERDINGS GAR NICHT, WELCH ENTSCHEIDENDEN ANTEIL JASMIN DABEI HATTE. ES BEGANN, DAS ENDE, MIT BENNYS KETTE …

Wo haste denn die her? Ist nicht SO easy ...
Ein Andenken ...

Charlotte Bürger, ins Rektorat.
Was wollen die denn jetzt?

VIELLEICHT HÄTTEN DA SCHON IRGENDWELCHE GLOCKEN BEI MIR KLINGELN SOLLEN. DIE SACHE MIT DEN HANDYDIEBSTÄHLEN HATTE INZWISCHEN IMMER MEHR STAUB AUFGEWIRBELT.

UND DIREKT DURCH DEN STAUB WAR SHERIFF HARRY KLEIN INS ZIMMER UNSERER STETS BESORGTEN DIREKTORIN SANDRA WEGENER GERITTEN.

SO GING DAS ALSO LOS, UND DANN:

WER WAR DABEI,

WER KÖNNTE WAS GESEHEN HABEN,

WER KÖNNTE ES GEWESEN SEIN?

ALS ICH SAGTE, ICH HÄTTE MEIN HANDY VIELLEICHT BLOSS VERLOREN, WOLLTE DER SHERIFF DAS NICHT HÖREN. DANN FRAGTE DIE WEGENER, OB LENNARTS GANG WAS DAMIT ZU TUN HABEN KÖNNTE.
ABER WOHER SOLLTE ICH DAS WISSEN?
LENNART HAT GENUG KOHLE, WARUM SOLLTE DER KLAUEN ODER KLAUEN LASSEN?

ALSO, DUMME IDEE.

AUSSERDEM ...

JASMIN! DIE HÄTTEN SIE MAL VOR MIR REINRUFEN SOLLEN. KURZE INFO, WIE JASMIN TICKT: VOR DEM SHERIFF UND DER WEGENER WÜRDE SIE SICH MIT VERDÄCHTIGUNGEN WENIGER ZURÜCKHALTEN ALS ICH. UND DANACH WÜRDE SIE IN DER SCHULE VERBREITEN, **ICH** HÄTTE DIESE VERDÄCHTIGUNGEN AUSGESPROCHEN.

JASMIN, EY. E-KEL-HAFT!

UND OBENDRAUF DANN NOCH: NEULICH, IM MÄDCHENKLO.

IST JA NICHT SO,
ALS WÜRDE ICH
RUMLAUFEN WIE DER
PLUMPSACK.

ABER UNSICHER MACHT ES MICH IRGENDWIE SCHON, WENN ANDERE MÄDCHEN SO SELBSTVERSTÄNDLICH MIT IHREM GUTEN AUSSEHEN UMGEHEN.

EIN TEIL VON MIR WILL NICHT NUR DESHALB GEMOCHT WERDEN, WEIL ER IRGENDWELCHEN SCHÖNHEITSIDEALEN ENTSPRICHT.

ABER DER ANDERE TEIL WÄRE AUCH MAL GERNE PRINZESSIN.

VIELLEICHT ...

... DREHT DISNEY JA MAL IRGENDWAS MIT EINER HELDIN IN GUMMISTIEFELN.

Wo is'n Benny?
Holt Getränke.

Wie war's bei dir?
Keine Ahnung. Ging um mein Handy.

Sag mal ...
Wie geht's dir denn eigentlich ... Musst ja nicht drüber reden, aber ...

Benjamin!
Noch mal Gratulation zur Eins! Komm doch mal ins Mathelabor, nachmittags, ich ...
Ehmm, ja, aber ... Im Moment eher nicht.
Hey, Lennart!
Ich erwarte noch ein paar Entschuldigungen, Meister.
Öh, sind in der Mache ...
Liebeskrank?
Viele Fehlzeiten ... Bisschen viel krank in der letzten Zeit, was?
Nur clever sein reicht manchmal nicht, Lennart.

Unser Streberlein ist ja wieder fit! Wie schön!
Was hattest DU denn für 'ne schlimme Krankheit? Judenvirus oder was?
Haha
ha
ha
ha
Neuer Witz: Warum haben Juden so große Nasen? Weil die Luft umsonst ist ...
War doch lustig, oder?
Ansichtssache.
Seit wann ist einen auf Israeli machen Ansichtssache?
hahaha
Liebt euch doch einfach weiter krank, du und Jasmin.

ES GIBT LEUTE, DENEN IST NICHTS DOOF ODER PEINLICH GENUG. LENNART IST ABER NICHT DUMM. GENAU DAS MACHT IHN JA SO GEFÄHRLICH. ER IST DAS ALPHATIER, ER FÜHRT DAS RUDEL AN. ER IST DER LEITWOLF …

Scheiße! Mein Handy! Das neueste Teil! Eben hatte ich es doch noch!
Geklaut. Tausendpro.

Schreinerei LEVENBERG
Guck mal, das habe ich ihm letztes Jahr geschenkt ...
Ach, Anna!

Schau mal, hier, du und deine Familie!
Das war in meinem Heimatdorf.
Auf dem Schulweg haben sie mich mal mit Steinen beworfen, weil sie rausgekriegt haben, dass ich Jüdin bin.
Anna, das ist doch lange her …
Ich habe mir geschworen, so was darf meinen Kindern nie passieren, nirgendwo!
Für mich ist das noch frisch. Und manchmal habe ich Angst, dass sich alles wiederholt.
Benny geht's hier doch sehr gut.
Ach – schau, hier: Höhlen, seine größte Liebe …
[bsss. bsss]
Charly
Freunde-versammlung: 15h alter Bahnhof.
Echt, alter Bahnhof???
Hamid
!
Komme!

Guckt mal, der Schuppen! So einen bauen wir für unsere Modellbahn noch nach!
Und das soll jetzt die Überraschung gewesen sein?
Nee. Mach mal die Augen zu ...

Eine echte Draisine!

Jetzt mal ehrlich, warum trägst du den Davidstern?
Warum nicht?
Na ja, das ist das Symbol der Juden.
Und von Israel.
Und was, wenn ich Jude wäre?
Das wüssten wir doch. Du bist ja keiner.
Aber nur mal angenommen …
Du bist keiner! Was soll das?
Ich bin Jude.
Äh. Cool … irgendwie.
Warum hast du das nie gesagt?
Weil's für unsere Freundschaft nicht wichtig ist?! Und nie war?

Für mich schon. Die Juden sind schuld, dass es vielen Arabern schlecht geht.
Und was hat das mit uns zu tun?
Was für ein Schwachsinn! Du hast gar keine Ahnung, was ein Jude überhaupt ist!
Klar hab ich die.
Ja? Dann sag mal.
NEIN!
Ich bin hier nicht in der Schule zum Abfragen. Le-ven-berg!
Äh... mal was anderes ... Meint ihr, ich brauch ...
NEIN!
Und wie soll ich jetzt die Draisine alleine zurückfahren, ihr Schwachköpfe?
Kommt wenigstens zur Demo morgen!!!!
GENAU HIER TRENNTEN SICH BENNYS UND HAMIDS WEGE ...

DER KEIL WAR GESETZT. FREUNDSCHAFT IM SINKFLUG.
WEGEN IRGENDWELCHEM ALTEN VORURTEILSSCHEISS.

MEINE DEMO GING DARÜBER VÖLLIG UNTER.
DIE ARMEN SCHWEINE ...

Charly
Wo seid ihr?
Hey, Bruder!
Willste heute mal mit zu den
großen Jungs gehen?
Ähm, neee,
ich, äh, ich muss
zu einer Demo.
Ach komm, in
Deutschland gibt's
laufend Demos.
Die Gelegenheit
mit mir allerdings ...
Okay.
Beste
Falafel
Al-Barazi

Charly
Wo seid ihr?
muss meiner
mutter helfen

ICH BIN DIE IM BILD VORNE, ABER AUCH HINTEN UNTEN RECHTS. MEIN MELANCHOLISCHER ABGANG FÜHRTE MICH DIREKT ZUM NÄCHSTEN LADEN, IN DEM ICH MIR SCHOKOLADE HOLEN KONNTE. FÜR TROST UND SO. ICH KONNTE JA NICHT AHNEN, DASS BENNY ZU HAUSE SELBER GERADE TROST BRAUCHTE ...
Kaufparadies

Er fehlt mir!
Mir auch. Das war schon immer so.
Wieso?
Dein Opa war immer unterwegs ... wegen Höhlen und seiner doofen Forschung!
Die war nicht doof!
Jaja, stimmt ja. Aber er kam erst heim, als er krank wurde. Und meinte plötzlich, er müsse jüdisch leben.
Und ist das schlimm?
Nein. Nur eben ... Achichweißauchnicht.
Charly
Wo seid ihr?
Tut mir leid wegen deiner Demo.
Ihr wart nicht da, Papa. Und Hamid und Benny auch nicht.
Wir mussten arbeiten.
Hamid auch. Sagt er. Alle reden immer nur. Keiner macht was.
Mmmhhhja. Aber du machst das toll, Charly!

Hey, können wir
mal reden?
Klar.
Warum seid ihr
nicht gekommen?
Hab meiner Mutter gehol...
Wollte Hamid nicht mit
der Anwesenheit eines
JUDEN stören.
WAS?
Mann! Wir sind Freunde,
schon vergessen? Hamid?
Hamid?

WIE HEISST ES SO SCHÖN? REDEN IST SILBER, SCHWEIGEN IST ...

3. Kapitel

Der Schlamassel

SCHEISSE. DAS IST LENNARTS HANDY!

Na dann – wir sehen uns.

Hi, Sheriff. Na? Wie läuft die Jagd?
Läuft, Miss Fragmichwas. Zum ersten Mal können wir was orten.

IN MEINEM KOPF PLOPPTEN IN DIESEM MOMENT ZWEI GEDANKEN GLEICHZEITIG AUF. DER EINE WAR: »DER WAR DAS!«, UND DER ZWEITE: »DER WAR DAS?« ICH MEINE, HAMID ALS HANDYDIEB? ECHT JETZT? HAMID KONNTE NICHT MAL HAUSAUFGABEN ABSCHREIBEN, OHNE ROT ZU WERDEN. UND DER SOLLTE HANDYS GEKLAUT HABEN? HOW DARE YOU!

Das muss ein Missverständnis sein, Frau Rektor! Mein Hamid würde nie klauen!
Stimmt, mein Stern?! Oder stimmt nicht? Sag mir der Wahrheit.
Wissen Sie ... Die Kinder von heute haben Druck. Nicht nur in der Schule. Müssen bei allem mithalten, brauchen die neuesten Handys, Sneakers ...

Klar.
Aber so was ist mir komplett egal! Das Ding muss mir jemand untergeschoben haben.
Und wie soll das bitte gehen?
Immerhin müsste jemand deinen Spind aufgebrochen und dir das Handy untergejubelt haben.
Hat noch jemand einen Schlüssel für das Schloss an deinem Spind?
Also für mich scheint das eindeutig.
1
2
Herr Al-Barazi, ist es in Ordnung, wenn wir einen Fingerabdruck nehmen?
Papa, alles gut. Da kann keiner von mir drauf sein. Ich war's ja nicht.

AUF EINMAL WAR ES, ALS HÄTTEN ALLE WAS ZU VERBERGEN.
CHARDA IHR OUTFIT UND IHREN FREUND.
UND HAMID AM LIEBSTEN SICH SELBER ... ODER WENIGSTENS DIE VORURTEILE,
DIE IHM JETZT UM DIE OHREN FLOGEN.
Klauen ist bei *Habacks* genetisch!

Du willst den Dieb von deinem Handy fertigmachen – bitte schön. Aber ich war das nicht!
Jaja, armes Opfer wie immer, was? Aber jetzt biste dran, Haback!
Alles okay bei euch? Hamid? Willst du mir was sagen?

Ach komm: Sag mal, wo die anderen Handys sind, zum Beispiel!
Hey, hey - keine Vorverurteilung!
Hä? Ist doch alles klar: Handy geklaut, Handy im Spind, Spind gehört Haback. Reicht das?
So einfach? Hast du schon mal von der Unschuldsvermutung gehört? Und »Haback« ist hier keiner. Klar?
Doch! **Der**. Das ewige Opfer.
Auch wenn alles gegen mich spricht – ich war's nicht. **Ehrlich!**

WARUM JASMIN NICHT MEHR SO IST WIE FRÜHER? TJA ... IRGENDWANN HATTE SIE ANGEFANGEN SICH ZU VERÄNDERN. VIELLEICHT WEIL WIR UNS NICHT GENUG UM SIE KÜMMERTEN ODER SO ... VOR ALLEM NACHDEM IHR VATER ABGEHAUEN WAR. WAHRSCHEINLICH LAG ES DARAN.

JA, WAHRSCHEINLICH LAG ES
WIRKLICH VOR ALLEM DARAN.

IHR PAPA KAM NIE MEHR WIEDER.
DAFÜR KAM DIE SCHWARZE WOLKE.

MAN BEKLECKERT SICH NICHT IMMER MIT RUHM. DAMALS HATTEN BENNY UND ICH NUR HAMID IM BLICK, DAS ARME FLÜCHTLINGSKIND. DAS MIT JASMIN WAR EIN ... VERSÄUMNIS. ABER HEUTE, DIESE SACHE MIT HAMID – DAS WAR MISSTRAUEN. EIN MIESES GEFÜHL. MISSTRAUEN GRÄBT IN DIR WIE EIN TIER MIT SPITZEN SCHWARZEN KRALLEN ...

Ihr glaubt mir doch, oder?
Klar.
(...)
Benny?
(...)
Was ist denn mit dem geklauten Handy von Charly? Das würde ich doch nie machen! Das klauen!
Pfff. Was weiß ich, was DU für Geheimnisse hast. War übrigens DEIN Vorwurf gestern.
Ey – nicht schon wieder ...

WENN DIESES MISSTRAUENSTIER MIT DEN SPITZEN SCHWARZEN KRALLEN DICH DANN RICHTIG FERTIGGEMACHT HAT, SPRINGT ES AUF DEN NÄCHSTEN ÜBER …
Sag mal – geht's noch?
Und übrigens … Von wem habe ich denn das Schloss?
Und warum war da kein Ersatz-schlüssel dran?
Vielleicht hast du den ja behalten …
… und mir das Handy in den Spind gelegt.
Nicht dein Ernst.
Wieso? Passen würde es ja. Hat mein Bruder auch gesagt.
Was gesagt?
Dass man mit euch vorsichtig sein soll.

... UND DANN, GENAUSO SCHNELL, WIE ES GEKOMMEN IST, VERZIEHT SICH DAS TIER WIEDER.

Raduan! Hi?!
Cool, was, Bruderherz? Abholservice. Mama und Papa haben mir alles erzählt. Und? Warst du's?
Spinnst du jetzt auch? Ich bin kein Dieb!
Weiß ich doch ... Und heute ist Freitag. Ey – In schweren Zeiten braucht man Zuspruch. Und du bist jetzt fast alt genug: Ich nehm dich mit zum Freitagsgebet.

Du ein Dieb? Das geht doch gar nicht.
Benny glaubt mir nicht.
Außerdem ist er ... Jude. Hat er jetzt erst erzählt.
Dein Freund mit dem verrückten Höhlenopa? Dann ist er kein Freund.
Quatsch?!
Alles klar. Juden lügen immer. Sind hinterhältig. Und ...
Aber Benny eigentlich nie.
Nie stimmt nicht ganz, oder? Frag ihn doch mal, was er noch alles nicht erzählt hat.

MONTAG DANN ... ICH HÄTTE MICH MEHR ÜBER DAS WIEDERSEHEN FREUEN MÜSSEN. ABER IRGENDWIE BLIEB ALLES SCHWIERIG. DAS GANZE WOCHENENDE HATTE ICH ALLEIN AUF DEM DACHBODEN VERBRACHT. DAVON WAR ICH IMMER NOCH GEWALTIG ANGEPISST, WOLLTE ES ABER NUR UNGERN AN BENNY AUSLASSEN.
GLÜCKLICHERWEISE WAREN JA NOCH MEHR LEUTE DA ...
DER SHERIFF! (UND DIE HAUSMEISTERIN!) DA KONNTE ICH IHM DIREKT VON MEINEN ERKENNTNISSEN ZUM THEMA SPINDSCHLOSS BERICHTEN!
Suchen Sie das hier? Das hätten selbst Sie knacken können – echt!
Beweismittel vom Tatort entfernt, oweia, Charly.

Sagt mal, wer könnte denn eurem Freund was anhängen wollen? Und ist dein Handy wieder da?
Nö. Aber das beweist doch, dass Hamid es nicht gewesen sein kann, wenn meins weg ist.
Du könntest ruhig mal zu Hamid halten! Besonders vor anderen!!!
Nimmst du mich nachher mit?
Ja.
Is was dran, was die Kleene sagt, oder?

TJA, UND JETZT? WERDEN CHARLY UND BENNY SICH VERSÖHNEN? WERDEN SIE HAMID ZU SICH ZURÜCKHOLEN? WERDEN SIE ZU DRITT GLÜCKSTRUNKEN IN DEN SONNENUNTERGANG TORKELN UND FÜRDERHIN ALLE GEFAHREN IHRES JUNGEN LEBENS GEMEINSAM MEISTERN? WERDEN SIE? JA? JA?

UNSICHERHEIT IST WIE DIE FAHRT AUF EINEM WACKLIGEN FAHRRAD MIT ZU WENIG LUFT IN DEN REIFEN.

SO VIEL ZU »UNSICHERHEIT IST WIE EIN FAHRRAD«. JETZT HATTE ICH SICHERHEIT: BENNY WAR WEG UND AUS UNSERER FREUNDSCHAFT WAR DIE LUFT RAUS … AUS MIR AUCH.

ICH BIN DOCH AUF BEIDEN SEITEN.
MANN!

ES GIBT TAGE, DA WÜNSCHT MAN SICH, EINE STIMME ZU HÖREN, DIE RUFT:
»DIE KLEINE CHARLY MÖCHTE AUS DEM BÄLLCHENBAD ABGEHOLT WERDEN.«
IHR WISST SCHON: EINFACH ZURÜCKLEHNEN UND WARTEN, DASS JEMAND
ANDERES FÜR DICH DIE VERANTWORTUNG ÜBERNIMMT.
SICH KÜMMERT.

UND DANN GIBT ES TAGE, DA BEGREIFST DU, DASS DAS BEKNACKTE BÄLLCHENBAD FÜR IMMER GESCHLOSSEN HAT. DANN SAGT DIE STIMME: »KRIEG DEN ARSCH HOCH, CHARLY. WENN DU DICH NICHT SELBER ABHOLST, TUT ES KEINER FÜR DICH!«

UND MIT DIESER KLEINEN »VERPEILUNG« ÜBERLASSE ICH EUCH FÜR EINE WEILE BENNY UND HAMID. DIE WAREN HEUTE VOR ALLEM IN GLAUBENSFRAGEN UNTERWEGS ...

Wir Menschen fühlen uns dann auch einsam, manchmal verwirrt und verloren. Verlassen. Dann ist es wichtig, uns auf das zu besinnen, was jeder Mensch will. Wir wollen geliebt werden und selber lieben. Wir wollen in Frieden leben, egal wo wir herkommen, welche Hautfarbe wir haben, welche Sprache wir sprechen. Wir alle sind auf dem Weg. Ihnen wünsche ich einen guten Nachhauseweg.
Und was ist mit Heiden? Die das Geld und die Macht anbeten?
Gute Frage, Raduan. Aber es sind ja nicht nur Heiden. Es sind auch Menschen.
Aber Ungläubige! Und der Prophet sagt …
Ich weiß. Aber auch Ungläubige sind Menschen. Wir sprechen darüber nächste Woche.
Ungläubige sind Ungläubige.
Warum bist du so hart, Junge?
WEIL'S SO IST, MANN!

Danke für Ihre Worte, Imam. Ich bin der Bruder von Raduan.
Ah! Schön.
Ich habe noch eine Frage zu Ihren Worten eben ...
Wenn alle Menschen sind, warum hassen so viele dann die Juden?

Du stellst mutige Fragen, Junge.
Das ist etwas, das nicht einmal Erwachsene richtig verstehen.
Komm mal mit.

Wo bleibst du, Bruder?
Gleich!
Ich hab's gleich.

Bitte glaub nicht alles, was dein Bruder da eben gesagt hat. Er und seine Freunde ... Es stimmt so nicht. Ach, hier: Ich leih es dir.
Danke.
Und wenn du Fragen hast, kannst du jederzeit zu mir kommen.
Malst du?
Ich zeichne.
Allah hat dir ein Talent geschenkt!

... und gestern waren dann Yael und Simon endlich da, mit den Kindern, Aaron beginnt zu sprechen, und Hannah.
Oh!
Ich komme immer her, um mit meinem Mann zu reden. Das hilft.
Schon okay. Mir fehlt mein Opa auch.
Das tut mir sehr leid.
Er war immer für mich da. Er hat Höhlen erforscht!
Spannend. Weißt du, Trauer raubt einem die Lebensfreude.
Nicht nur die. Auch das Gefühl zu allem anderen.
Zu was?

Zu meinen Freunden. Jedenfalls hab ich sie mal dafür gehalten. Die kommen nicht drauf klar, dass ich Jude bin.
Natürlich redet mein Mann nicht wirklich mit mir. Aber ich weiß, was er sagen würde. Er liebte das Leben.
Opa mochte nicht, wenn man traurig war. Er hat gern jüdische Witze erzählt.
Mein Mann auch! Willst du ... Äh – oder ...
Also?
Okay: Moses steigt vom Berg Sinai, um den Israeliten Gottes Botschaft zu verkünden: »Es gibt eine gute und eine schlechte Nachricht. Die Gute ist: Ich hab ihn auf zehn Gebote runtergehandelt. Die schlechte: Ehebruch ist immer noch dabei.«
hi hi hi
hihihi
ha
ha ha ha
ha

So war Isaak.
Mach's gut, Junge.
Du weißt ja jetzt,
wo du mich findest.
Ja. Danke. Und
Auf Wiedersehen,
Frau ...

Weinreb. Aber nenn
mich Shulamit. Noch
besser: Shuli.
Ich bin Benny.

EY BRUDER!
KOMM JETZT!
Gleich.

Bruderrr! Ich brauch dich jetzt ECHT im Team!
Was liest 'n da für 'n Scheiß?
Hab ich mir geliehen.
Echt? Lass mal sehen. Mann, Alter, ist doch krass interessant, kannste auch mal lesen.
Das mit den Juden hab ich nie verstanden, du?
Hamid! Yalla! Lesen kannste noch, wenn du alt bist!

ICH MISCHE MICH JA NICHT GERNE EIN, ABER DAS HIER, DIESE SACHE MIT DEN RELIGIONEN ... WAS DA IMMER FEHLT, AUCH AUF DIESEM BILD HIER, SIND DIE LEUTE, DIE AN KEINEN GOTT GLAUBEN. EGAL WIE DER HEISST. DIE MÜSSEN ABER IMMER UNTER ALLEN ANDEREN MITLEIDEN, DIE SICH VOR LAUTER GLAUBEN DIE KÖPFE EINSCHLAGEN.
WENN ICH EINS ÜBER RELIGIONEN WEISS, DANN DAS: SIE SIND RECHTHABERISCH. UND AUF EINEN BOSS, DER IMMER RECHT HAT, HAB ICH KEINE LUST. DESHALB LIEBE ICH DAS LEBEN, DIE NATUR UND DIE MENSCHEN JA NICHT WENIGER. UND DASS MAN SICH AUF UNSEREM SCHÖNEN PLANETEN BEI BEGRENZTEM PLATZ UND BEGRENZTEN RESSOURCEN NICHT DIE KÖPFE EINSCHLAGEN SOLLTE, MUSS ICH NICHT GLAUBEN – DAS SAGT MIR SCHON MEINE VERNUNFT.
GENAU. ENDE DER EINMISCHUNG. WIR BEDANKEN UNS FÜR IHRE GESCHÄTZTE AUFMERKSAMKEIT!

Ey. Eigentlich fehlen nur noch ein paar Bräute oder so.
Dafür ist dein Bruder aber zu klein ...
Wofür mein Bruder zu klein ist, entscheide ich, klar?

Hamid gehört jetzt zu uns.
Und er zeichnet echt coolen Scheiß!

Benny – das wurde aber auch Zeit! Wo warst du?
Friedhof.
Warum verheimlichen wir eigentlich, dass wir Juden sind?
Was?
Wa-rum? WARUM?
Weil wir keine Lust auf Ärger haben.
Was denn für'n Ärger?
Hakenkreuz-Schmierereien zum Beispiel.
Opa hätte keine Angst gehabt.
Keine Angst ... Eher Vorsicht.
Wenn alle wüssten ...
WAS?

Mein Schreiner ist Jude?!
Auf koscheren Stühlen will ich nicht sitzen?
IHR WOLLT NUR NICHT AUFFALLEN! EUCH VERSTECKEN!
Benny.
Nicht mal die Schule durfte es wissen.
Es geht nicht ums Verstecken. Es geht darum, uns zu schützen. DICH zu schützen.

GENAU. ZUM BEISPIEL VOR SO WAS:

DAVOR SCHÜTZEN?! DA HILFT NUR HANDFESTE AUFKLÄRUNG!

WENN ES ETWAS GIBT, DAS ALLEN RELIGIONEN GEMEIN IST, DANN SIND DAS DIE GEBOTE. EINS DER WICHTIGSTEN LAUTET: »DU SOLLST NICHT STEHLEN!«

MAN KANN DAS THEOLOGISCH ERÖRTERN. ODER MAN BESCHÄFTIGT SICH DAMIT GANZ PRAKTISCH. WENN HANDYS GEKLAUT WERDEN, ZUM BEISPIEL.

UND JA, OKAY: MAN KANN DAS WAHRSCHEINLICH AUCH UNAUFFÄLLIGER VERANSTALTEN ALS ICH.

JEDENFALLS GIBT ES DA JA DIESEN SPRUCH: »MIT SPECK FÄNGT MAN MÄUSE.« UND DA IST WAS DRAN, WIE AN VIELEN VON DIESEN ALTEN SPRÜCHEN.

SCHWIERIG WIRD'S NUR, WENN DIE MÄUSE SICH HOODIES ÜBERZIEHEN UND DAMIT UNERKENNBAR SIND. ABER HEY, WOFÜR GIBT'S TECHNISCHE HILFSMITTEL?
KIOSK
Na also. Jetzt hab ich dich!
Und wo ist jetzt der Speck?

4. Kapitel

Alle meschugge?

STRESS IN DER SCHULE FÜHLT SICH IMMER GLEICH AN, VOR ALLEM MORGENS: DRUCK IM MAGEN, KOPFSCHMERZEN, ANGST.

MANCHE SCHWÄNZEN DANN UND TURNEN ALLEINE DURCH DIE NATUR …

ANDERE WEICHEN DEN PROBLEMEN AUS UND MACHEN EINEN AUF KRANK. AUCH WENN DIE ELTERN SICH AUF DEN KOPF STELLEN.

UND WIEDER ANDERE WOLLEN HELFEN UND MACHEN SICH UNGEWOLLT ZUM PFOSTEN.

ZUM BEISPIEL ICH.

KIOSK
Äh... Hä?
Doch nicht im Kiosk verticken das Handy?
Zurück zur ...
... Schule?
BÜRO
HAUSMEISTERIN
He!
Du hast mein Handy ...
Ach, das ist deins?

Wollte es gerade abgeben, damit die Hausmeisterin es ausrufen kann. Sei froh, dass ich es gefunden habe.
War nur kurz am Kiosk Kaugummis holen. Aber das weißt du ja, oder?
Auch eins?
BÜRO HAUSMEISTERIN
(...)
Du musst echt besser auf deine Sachen aufpassen, Charlotte ...
Und ... Ups – und wegen dir ...
... komme ich auch noch zu spät zu Englisch. I'll be late.
Du bist SO abgezockt. **Respekt.**
Musst du nicht auch mal los? Unterricht?

Das ist Unterricht.
Ich lerne hier gerade
fürs Leben.
WAS FÜR 'NE KACKIDEE!
?!
PIEP!
KACK-IDEE!
KACK-IDEE!
KACK-IDEE!
KACK-IDEE!
BAM!

NACH DEM UNTERRICHT ÜBER UNREGELMÄSSIGE VERBEN IM UNREGELMÄSSIG BESETZTEN KLASSENZIMMER SPRACH MICH KAYA AN.

HAMID ZOG SICH ALSO ZURÜCK, WOANDERSHIN. NA TOLL – DAS KAM AUF DAS PEILSENDER-DEBAKEL ALSO NOCH OBENDRAUF! SEHR OBENDRAUF.

KEINE AHNUNG, WO DER SICH RUMTRIEB.
ALSO GALT ES WOHL MAL WIEDER DIE INITIATIVE ZU ERGREIFEN.
CHARLY BÜRGER, DER LETZTE AUSSENPOSTEN DER VERNUNFT.

ODER HEISST ES »DIE LETZTE AUSSENPFOSTIN«?

EGAL. WENIGSTENS WUSSTE ICH, WO ICH HAMID FINDEN WÜRDE …

CHARDA! YALLA!!
خذ استراحة يا حميد.
شاردا ستكون هناك قريبا.
(Charda ist gleich da. Mach mal Pause, Hamid.)
أنا آسف والدي!
(Tut mir leid, mein Vater!)
Komme schon! Sorry für die Verspätung.
Lass mich raten ... Theater-AG?
Jaaa. Und ich habe eine Entscheidung getroffen.
Wegen der Süßkartoffel?
Ach, übrigens, ich heiße Kichererbse.
Ich werde ihn Mama und Papa vorstellen. Und du so? Besser?

Hier steckst du also ...
Oh, Falafel! Voll vegetarisch! Wie für mich gemacht!
Was macht die Krankheit? Benny war heute auch nicht in der Schule.
Wahrscheinlich auch krank?! Ich hab »Habackeritis«.
Hä?
Ich bin für alle der klauende Haback. Die können mich mal.
Ich dich auch?
Ja!
Ja!
Ja!

Okeeeee... Komm, wir rufen Benny an, ja?
Nicht erreichbar.
Und? Wie laufen deine tollen Diebstahl-ermittlungen? Hab einiges gehört ...
So gut wie die Demos?
Ja. Genau.
Und danke für KEINE Hilfe.
Und bei dir?

HALLO? HATTE **ICH** IHN GEKRÄNKT ODER WAREN DAS ANDERE GEWESEN? HATTE **ICH** GERADE FÜR IHN 'NE DEMÜTIGUNG DURCH JASMIN KASSIERT ODER ANDERE? ABER NEIN, MONSIEUR HOCKT DA UND MACHT EINEN AUF BELEIDIGTE LEBERWURST. ODER AUCH ZWEI.
UND DA FRAGT NOCH WER, WARUM ICH VEGETARIERIN BIN ...

ECHT, ICH HASSE ES, WENN JEMAND NICHT AUS SEINER HAUT KANN! NOCH MEHR HASSE ICH ES, WENN ICH MERKE, DASS ICH ES SELBER AUCH NICHT BESSER HINKRIEGE. TROTZDEM, IRGENDWANN IST ES EINFACH MAL GUT ... UND »STUR« KANN ICH AUCH!

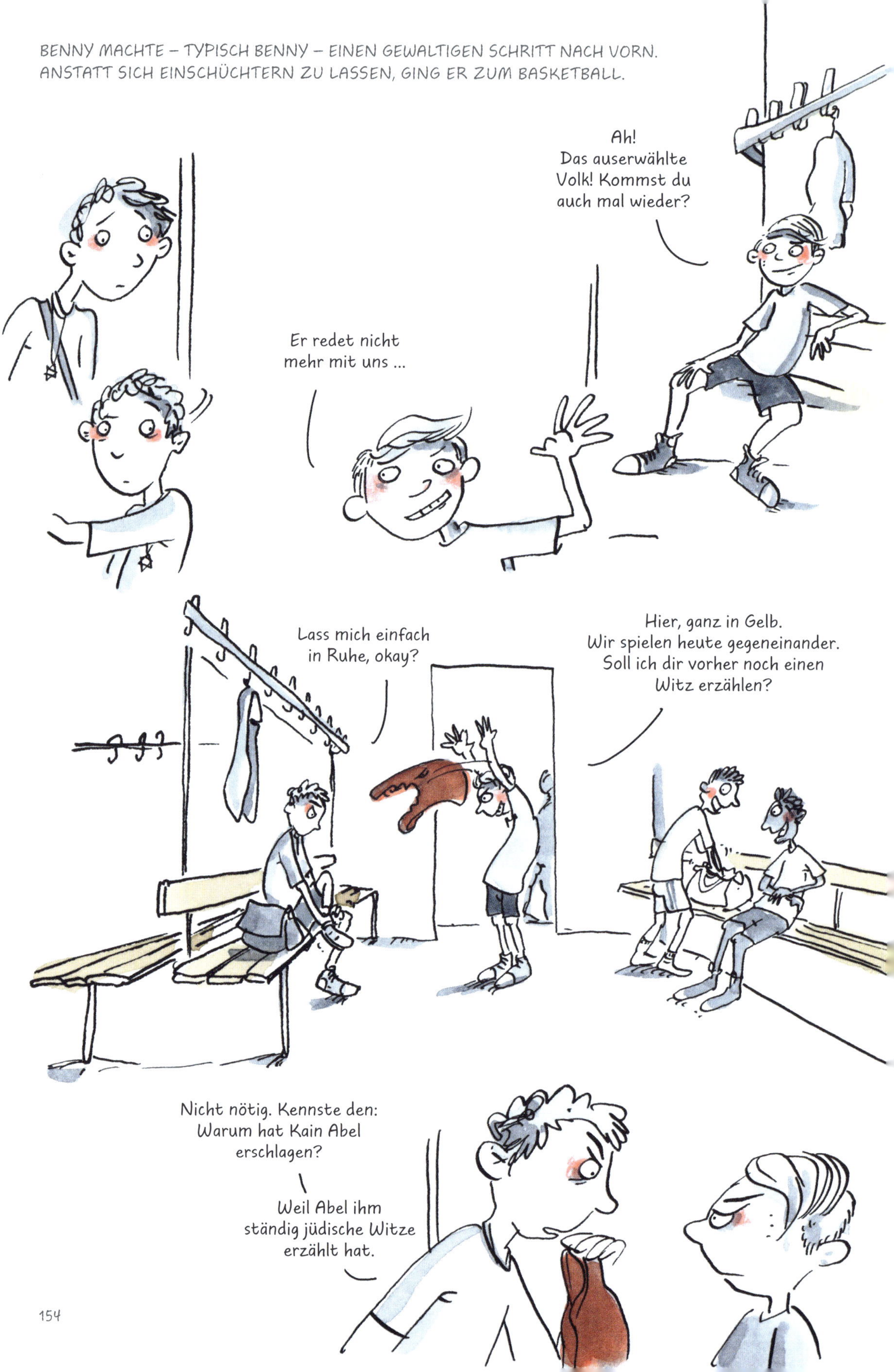
BENNY MACHTE – TYPISCH BENNY – EINEN GEWALTIGEN SCHRITT NACH VORN. ANSTATT SICH EINSCHÜCHTERN ZU LASSEN, GING ER ZUM BASKETBALL.
Ah! Das auserwählte Volk! Kommst du auch mal wieder?
Er redet nicht mehr mit uns ...
Lass mich einfach in Ruhe, okay?
Hier, ganz in Gelb. Wir spielen heute gegeneinander. Soll ich dir vorher noch einen Witz erzählen?
Nicht nötig. Kennste den: Warum hat Kain Abel erschlagen?
Weil Abel ihm ständig jüdische Witze erzählt hat.

Hahaha, sehr lustig!
Jetzt erzählen schon
die Juden Judenwitze!
Super, Benny.
25 zu 14 für Gelb!
Lennart,
streng dich
mal an!

NUR FÜR DEN FALL, DASS DAS INZWISCHEN IN VERGESSENHEIT GERATEN IST …
UND WEIL ICH'S SO GERNE SAGE: ARSCH!

Das hat mit Zweikampf nichts zu tun. Wenn du das Spiel nicht kapierst, gehst du besser gleich nach Hause!
Na ja--- hihi ... ich ...
Hau AB!
Leck mich ... Beim nächsten Mal erwische ich ihn ohne Aufsicht – und dann richtig!

WENN DIE WUT VERRAUCHT IST, WIRD DER KOPF WIEDER KLARER. WENN EINEM DANN AUCH NOCH DER ZUFALL ZU HILFE KOMMT, UMSO BESSER.

BLOSS AN DER KOORDINATION MUSSTE ICH NOCH ARBEITEN.

Stopp, Riese!

Stehen bleiben!

ERMITTLUNG PLUS NACHHILFE. EIN DOPPELERFOLG. FÜHLTE SICH GUT AN.
BLOSS WAR GERADE KEINER ZUM ABKLATSCHEN DA. ABER DAS KONNTE JA NOCH KOMMEN …

UND WÄHREND ICH MICH AN DEN BOLZPLATZ HERANPIRSCHTE, HATTE BENNY SCHON DIE ZWEITE KOLLISION AN DIESEM TAG – DIESMAL ABER EINE POSITIVE.
Warum hat er sie dir wohl gegeben?
Na ja ... Glauben und so?
Hast du ihn gefragt?
(...)
Auf alle Fälle verbindet sie euch. Das wollte er ganz bestimmt.
Ich dachte, er will, dass ich offen damit umgehe ...

So Typen wie der mit dem Hitlergruß ... Die spüren, dass du angreifbar bist, und nutzen das aus. Du musst mit jemandem darüber reden. Was sagen denn deine Eltern?
Die wissen das nicht, die würden sich Sorgen machen.
Und deine Freunde?
Funkstille.
Ah. Ja. Und Schule?
Vielleicht Herr Engel, der Vertrauenslehrer.
Siehst du. Du könntest den Vorfall melden.
Oder? Was würde dein Opa machen?

DA SIND JA DIE »ARAB-BOYS«. HEISSEN ALLE »COOL« ... MIT VOR- UND NACHNAMEN.

Jungs, das ist die beste Freundin von mei'm Bruder. Oder, Hamid?
Mmmh.
Wir sehen uns bloß wenig, seit dein Bruder so krank ist.

Was willst du hier?
Was kaufen. Ein Tophandy.
HÄ? Sieht das hier aus wie ein Supermarkt?
Okay.

Also: Habt ihr was mit den Diebstählen zu tun?
Hey, reicht jetzt. Erst wird mein Bruder beschuldigt.Und jetzt wir?
Ein Al-Barazi würde NIE klauen.
Und jetzt Feierabend, Märchentante.
Frag lieber deinen Judenfreund!
LASS MICH LOS, RADUAN!!! Sei doch nicht so ein Arsch!
Aufpassen. Wenn als Nächstes dein Judenfreund auftaucht, dann: **krch!**

CHARLY!
Da gibt's nix zu kichern. Ich BIN viele. Erbsen.
Was sollte das eben?
Ich kümmer mich halt um deinen Scheiß mit dem Handy, hab 'nen Tipp bekommen.
Hat dich aber keiner drum gebeten.
Tja, vielleicht dachte ich blöde Kuh, dass Freunde so was machen …
So bin ich nicht, das weißt du …
Stimmt ja. Du guckst nur zu und machst nix, wie immer. Du kannst mich mal.
Verpiss dich einfach weiter und mach einen auf dicke Hose mit deinen neuen Freunden.
Auch wenn die nicht zu dir passen. Außerdem: Dein lieber Bruder hat Dreck am Stecken. Tausendpro!

ABER IRGENDWIE STECKT MIR DAS DETEKTIVISCHE IM BLUT. UND ÜBERHAUPT, WER LÄSST SICH VON SOLCH EINER FRISCHEN FÄHRTE SCHON ABLENKEN? DENN …

... VIELLEICHT FÜHRT DIE JA GERADEWEGS ZUR NÄCHSTEN SPUR.
Alles klar. Verfolgung aufnehmen.

Und? Wie laufen deine »tollen super mega«-Diebstahlermittlungen?

Die laufen gut, Hamid. Die laufen richtig gut.

WENN EIN VERTRAUENSLEHRER »ENGEL« HEISST, SOLLTE EIGENTLICH NIX SCHIEFGEHEN, RICHTIG? TAT ES ABER, WIE BENNY TAGS DARAUF ERFUHR, ALS ER HERRN ENGEL SEIN VERTRAUEN SCHENKTE. ANDERERSEITS ...

Mobbing ist kein Spaß. Und Antisemitismus erst recht nicht. Gab es denn für das alles einen Auslöser?
Die haben die Kette gesehen, und dann hat sich das rumgsprochen.
Also, Benny ...
Es ist nun mal leider so, dass das Tragen des Davidsterns und anderer jüdischer Symbole für manche ...
... eine ... Provokation darstellt ...
WIE? Provokation ...?
Ehm, versteh das jetzt nicht falsch ...
Jetzt liegt es also an mir???

... ANDERERSEITS HEISSEN DICKE ENGEL JA AUCH GAR NICHT ENGEL, SONDERN PUTTE!

FÜR BENNY WAR ES DAMIT AN DIESEM TAG ABER NICHT VORBEI.
EIGENTLICH FING ES SOGAR ERST RICHTIG AN.

JASMIN MAL ALS ERSTE IN DER KLASSE? DAS GAB'S JA NOCH NIE ...
UND WAS IST MIT BENNY LOS?

Wer war das?

WER DAS WAR, WILL ICH WISSEN!
Für ein paar von uns sind Juden doch so was wie ... Erzfeinde, oder?
Die klauen ja auch gern mal Handys.
Wie unser »krank« Hamid zum Beispiel ...!
ACH JA? Ihr wollt doch Israel plattmachen! Aber das schafft ihr nicht!
Ich mach DICH gleich platt!
Was? Nur weil wir Muslime sind, malen wir keine Hakenkreuze!
HÖRT AUF!
Benny ...?
SOFORT! RUHE! IHR SPINNT WOHL!

BENNY!

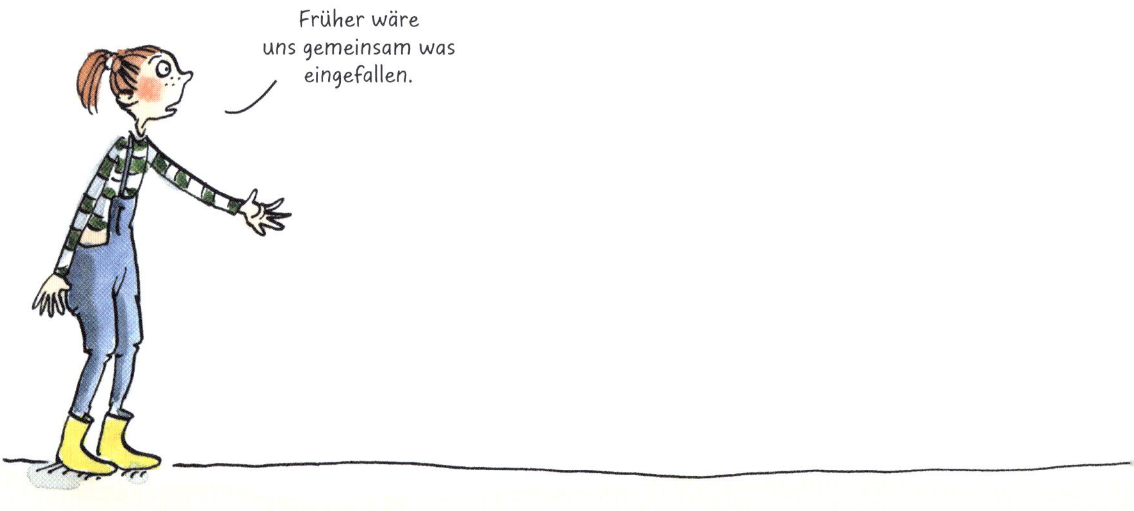
Früher wäre
uns gemeinsam was
eingefallen.

Warte!

Ja.
Früher.

WEG IST ER.
UND ICH KOMME NICHT MEHR HINTERHER.

ICH WILL JETZT NICHTS HÖREN, OKAY? DASS ICH IHM HÄTTE NACHLAUFEN SOLLEN, IHN PACKEN UND UMARMEN. ODER WENIGSTENS EINFACH BEI DER SCHULTER FESTHALTEN.

AUCH WENN ICH MIR SPÄTER TAUSENDMAL WÜNSCHTE, ICH HÄTTE ES GETAN: ICH TAT'S NUN MAL NICHT.

UND HINTERHER IST MAN IMMER SCHLAUER ...

DAS BERÜHMTE DAMASKUSTOR IN DER ALTSTADT VON JERUSALEM. HIER BEGEGNEN SICH MUSLIME, JUDEN UND CHRISTEN, DENN HIER MÜSSEN SIE ALLE DURCH: ZUM ARBEITEN, ZUM BETEN ODER WEIL SIE DORT WOHNEN. TÄGLICH, OHNE SICH DIE KÖPFE EINZUSCHLAGEN.

TJA, DA SAG ICH MAL: GEHT DOCH!

Benny!
Was ist los?
Nichts! Lasst mich in Ruhe!
Warum redest du nicht mit uns?
Ist irgendwas in der Schule?
Also ...
NEIN.
Und wo willst du hin? Mit Sportsachen? Du hast doch gar kein Training!
Ich trainiere allein.

ICH HAB JA EINGANGS SCHON MAL GESAGT, WARUM ICH DIE MODELLEISENBAHN LIEBE. SIE STEHT FÜR ÜBERSCHAUBARKEIT. FÜR ORDNUNG. ES GIBT KEINE PLÖTZLICHEN ÄNDERUNGEN IM FAHRPLAN.

LEIDER STEHT SIE ABER AUCH FÜR SICH-IM-KREIS-DREHEN ...

ANDERSWO NAHMEN ANDERE SACHEN FAHRT AUF. VON VERSCHIEDENEN SEITEN KOMMEND, MIT UNTERSCHIEDLICHEN GESCHWINDIGKEITEN. BEI SO WAS SIND KOLLISIONEN VORPROGRAMMIERT. FÜRCHTERLICHE KOLLISIONEN ...

... weil er die Kette mit dem
Stern vom Opa hatte.

Was hat der
denn damit
zu tun?

Bennys Opa ist vor Kurzem gestorben.
Der Junge hat das noch gar nicht
richtig verarbeitet.

Das klingt
plausibel.

So was macht dünnhäutig.

Dünnhäutig?
Frau Wegener!

Hitlergruß und Hakenkreuz,
und dann noch Judenwitze.

Wir sollten vermehrt
das Thema Antisemitismus
auf den Lehrplan stellen.

GUTE IDEE!

Hat das schon mal
was gebracht?

Natürlich, wir müssen
die Schüler behutsam
sensibilisieren.

Eine Schülerin hat indirekt die
muslimischen Schüler verdächtigt!

Das passiert doch täglich.

Und wenn
uns die Eltern
hier aufs Dach
steigen?

DACHau!

Wir können mit
den Schülern nach
Dachau fahren.

GUTE IDEE!

Ja, toll! Und auf der Rückfahrt
vielleicht ein paar Nazilieder singen,
wie in dieser Schule in ...

Grünberg.

Genau, danke.

Das war ja auch in
Hessen. Bei uns passiert das
nicht. Da vertraue ich
der Lehrerschaft.

Besonders Ihnen, Herr Fischer.
Ich finde, das ist doch ein guter Anfang, oder? Abgemacht, wir schauen, wie es läuft, und halten uns auf dem Laufenden.
Wie schön.
Muss los.
Fischer
Wegener
Jahnke
Engel

5. Kapitel

Bammel

NACH BENNYS ZUSAMMENSTOSS MIT IVVA – DEM NEU GEGRÜNDETEN INTERNATIONALEN VEREIN VERBLÖDETER ANTISEMITEN – FRAGTEN SICH ALLE:

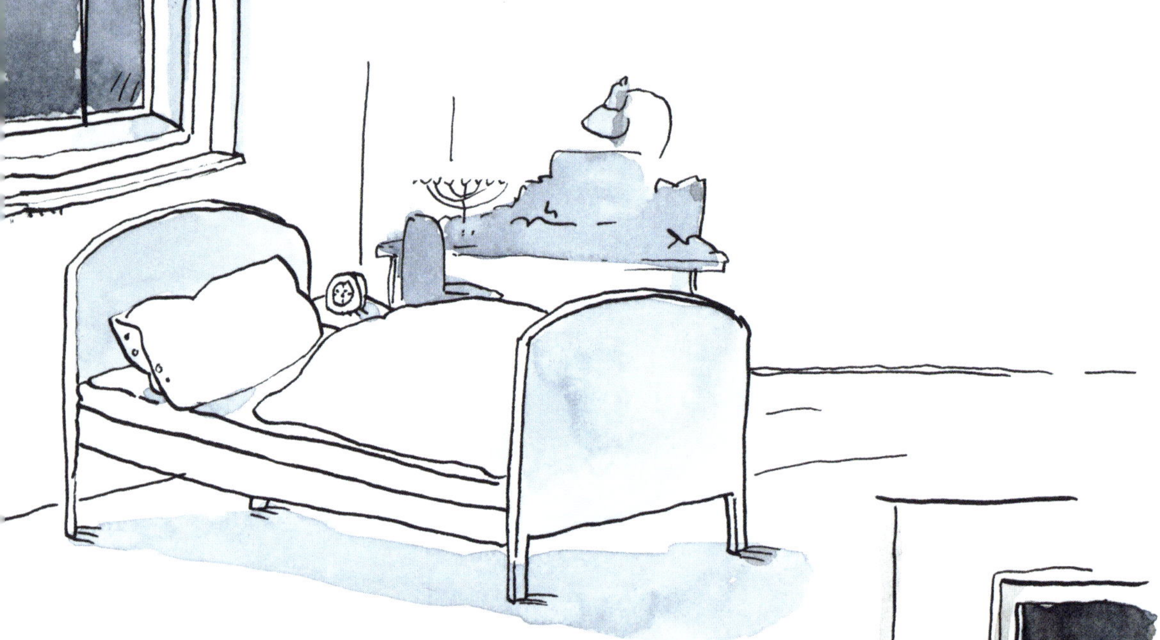

WO STECKT ER JETZT? WO IST BENNY?

DASS HAMID IHN DERMASSEN HÄNGEN LIESS, ALS ER ZUSAMMENGESCHLAGEN WURDE, HABE ICH IHM LANGE NACHGETRAGEN. SO LANGE, BIS ICH MICH FRAGTE, WIE ICH UNTER DIESEM DRUCK GEHANDELT HÄTTE. WIE HEISST DAS NOCH MAL, WENN MAN BESSERWISSERISCH DIE KLAPPE AUFREISST ZU EINER ÄTZENDEN SACHE, IN DIE MAN NIE VERWICKELT SEIN WIRD? ACH JA: GRATISMUT.

UND MAL ABGESEHEN DAVON
BRAUCHTE HAMID GERADE ALLEN MUT FÜR SICH SELBER ...

... DAS WAR NIX. NUR EIN KLEINER DENKZETTEL.
BENNY IST... MEIN FREUND.
FREUND? DER HAT DICH WIE DRECK BEHANDELT, DER JUDE. WEIẞT DU, WIE OFT ICH IN DAMASKUS GETRETEN WURDE?
HAT MIR GUTGETAN MANCHMAL. HÄRTET AB.

BENNY IST WEG. UND ER HAT ALLES VERLOREN:
SEINEN OPA, SEINEN MUT, SEINE FREUNDE ...

ABER HALT!

WER HÄLT DENNOCH ZU IHM?
WER WÜRDE SICH FÜR BENNY VERDRESCHEN,
SICH FÜR IHN DURCH ALLE REGENPFÜTZEN
DER WELT SCHLEIFEN LASSEN?
YESSS, SIR OR MADAM:
THE UNSINKABLE
CHARLY BÜRGER!

OKAY, UND HERR FISCHER WAR JA AUCH NOCH DA ...

FALLS JEMAND SICH FRAGT, WARUM HAMID UND ICH HIER GERADE WIEDER GANZ DICKE MITEINANDER SIND: DA WUSSTE ICH JA NOCH VON NIX. SONST HÄTTE ICH IHM EINE GETUNKT, SEINE EIGENEN PROBLEME HIN ODER HER.

Klar seid ihr nicht schuld.
Aber auch damals fing alles klein an, mit gemeinen Andeutungen, mit Schmierereien.
Und ein paar Jahre später waren sechs Millionen Juden tot.
Aber **tot** klingt so schön neutral. Oder?
Tatsächlich sind sie **verreckt.**
Sind ermordet worden.
In Lagern wie **Auschwitz** und **Dachau.**
Und deshalb ist **DAS HIER** ...

... auch **kein** **schlechter Scherz**, sondern VOLL DANEBEN!
Und es ist, ganz nebenbei, **auch strafbar**!
Wo ist eigentlich Benny? Charly?
KLOPF KLOPF
Entschuldigen Sie bitte die Störung. Betül Baumann?
Komm mal bitte mit.
STOPP MAL KURZ, BEVOR DAS UNTERGEHT IM SICH HIER ANBAHNENDEN STRUDEL DER GERECHTIGKEIT: DEN FISCHER WÜRDE ICH HEIRATEN. OKAY, VEGETARIER MÜSSTE ER SEIN. UND DAMIT ...

... ZURÜCK ZU BETÜL.

SHERIFF KLEIN HATTE VON MIR DEN BEUTEL MIT DEN GEKLAUTEN HANDYS GEKRIEGT.
UND BETÜL KRIEGTE DAFÜR JETZT EINE ABREIBUNG. UND HAMID WAR ENTLASTET.
YES, SIR OR MADAM: ALL THANKS TO THE UNABSAUFBARE ... NA JA, UND SO WEITER.

[krrrrring!]

He, wie wär's
mal mit 'nem
Danke?

HAMID, DER IMMER FLÜCHTET.
VOR ALLEM VOR SICH SELBST …

Gar nichts ... Jaaa, danke, Charly, aber, sorry, ich hab was vergessen ... Bin gleich wieder da ...
Mann, Hamid!

Hamid
Freundeversammlung
15:00 Uhr
alter Bahnhof
Hamid
Wieder plötzlich
krank geworden?
WO BIST DU?
Bennys Mama
Hallo Charly, Hamid hat hier gerade angerufen und nach Benny gefragt, wie es ihm ginge.
Ja und?
Weil Benny angeblich nicht in der Schule war.
Ja ... Wieso angeblich?
Was? Aber ihr seid doch zusammen hin, oder?
Nein ... ehm, wieso?
Er hat mir gestern Abend eine SMS geschickt, dass er bei dir übernachtet.
Äh... Das stimmt aber nicht.

Aber ... wo ist er dann jetzt?
Keine Ahnung.
Ach du meine Güte ... Oje.
Kann ich irgendwie helf...
[Knack]
tipp
tipp
tipp
Dies ist die Mailbox von ...
Hamid, wo bist du? Warum hast du bei Levenbergs angerufen? Benny ist nämlich weg! Nun geh endlich ran!

Charly
Raduan! Wo bist du?
Na klar, zeichnen, zeichnen, immer nur zeichnen. Aber als es drauf ankam, gestern, hast du nichts gemacht, gar NICHTS! DU bist ein NICHTS!

ICH WAR ECHT BESORGT. IRGENDWAS FÜHLTE SICH NICHT RICHTIG AN. SAGTE MIR MEIN BAUCH. DER SAGTE MIR AUSSERDEM, DASS ER LIEBER BEIM FOODTRUCK BLEIBEN WOLLTE, ALS AUF DER SUCHE NACH DEN BEIDEN BEKNACKTEN STREITHÄHNEN DURCH DIE GEGEND ZU RENNEN. HAMIDS MUTTER MEINTE, ER SEI VIELLEICHT ZU HAUSE.

WÄHREND ICH ALSO WEITER NACH HAMID SUCHTE, SUCHTE ANNA LEVENBERG IN DER SCHULE NACH IHREM SOHN. UND ALS SIE DORT DIE AUSHÄNGE ZUM THEMA MOBBING UND ANTISEMITISMUS FAND, SUCHTE HERR ENGEL NACH AUSFLÜCHTEN.

dingdong
Al-Barazi
Benny ist weg! Seine Mutter sucht ihn!
Der schwänzt bestimmt wieder. Und ist auf 'ner Klettertour oder so.
Nee. Er war die ganze Nacht nicht da. Angeblich hat er bei mir geschlafen.
Was?
Hamid! Was! Ist! Los?

Der taucht schon wieder auf ...
Und was, wenn nicht?
Benny kommt klar. Kommt er doch immer.
Und ... danke, dass du mit den Handys zu mir gehalten hast.
Das war klasse. Danke!
Gut. Angenommen. Dann finden wir jetzt Benny.
Wir fangen bei Lennart an, der hatte ihn auf'm Kieker. Vielleicht weiß der was.
Oh, Mist. Ich sollte meinen Eltern ja was vorbeibringen. Komme nach!
Was denn?
SERVIETTEN!
Echt jetzt? Na, okay.

WIE MERKWÜRDIG ANDERS EINE SZENE WIRKT, WENN DER ZUSCHAUER MEHR WEISS ALS DIE HAUPTFIGUR.

ICH GLAUBE, WAS EINEN MIT AM MEISTEN NERVT, SOBALD MAN RAUSKRIEGT, DASS MAN ANGELOGEN ODER VERARSCHT WURDE, IST, DASS MAN SO DOOF WAR, ES NICHT ZU BEMERKEN ...

IM PARK MACHTE LENNART ÜBRIGENS GERADE DIESELBE ERFAHRUNG. (PSSST! ICH ZOOME MAL RAN – DANN VERSTEHT IHR DIE ALLE BESSER.)
Du musst mir einfach glauben! Ich würde dich nie beklauen!
Ich glaub dir gar nichts mehr.
Ich dir auch nicht.
Du hast hinter unserem Rücken Handys geklaut.
Na und? Ich brauch halt Kohle – im Gegensatz zu dir.
Neidisch? Solche wie du, die warten nur darauf, und dann, zack, Messer in den Rücken.
Bleib mal trocken – Wir sind hier nicht im Mafiafilm.
Nee, weil da würdeste Beton an die Füße kriegen, und blubb, ab in den Teich.
WAS?
Ach, verpiss dich einfach.
Ja! Bye-bye, Betül!

RADUAN!

Hi, Bruder! Wir machen heute zur Abwechslung mal Basketball. Trainings-technisch und auch ... hehe ... balltechnisch!
Wo habt ihr den her?
Bruder, der lag hier. Hat dein kleiner Judenfreund wohl vergessen. Haha. In der ganzen Aufregung.
Benny ist gestern nicht nach Hause gekommen.

Ja und?
Seid ihr gestern noch mal zurück?
Wozu?
Du hast mich heimgeschickt. Vielleicht wolltet ihr Benny noch richtig fertigmachen.
Oh Mann, Bruderherz – das war nur 'ne kleine Unstimmigkeit zwischen ihm und uns.
Mehr nicht.
Schwör's.
Ich schwör alles, was du willst, Bruder. Aber DU schwörst auch. **Du quatschst zu niemandem, klar?**

Ey,
Bruder.
DAS IST FALSCH,
RADUAN!
Genauso falsch, wie auf 'nem Sessel vom Sperrmüll einen auf Prinz Raduan zu machen!
Nur weil du zu faul bist oder Schiss hast, was Normales zu machen.
Hey. Entspannt euch. Ist Familie. Klar?

Hi! Willste wieder baden?
Weißt du, wo Benny ist?
Hab ich was verpasst? Der hängt doch mit dir ab, Gummiente.
Grad nicht, wie du siehst. Verschwunden. Und du hast die ganze Zeit Stress mit ihm. Judenwitze. Dann das Hakenkreuz.
Heul doch. Isser deshalb abgehauen? Vielleicht kommt er ja mit seinem neuen Status nicht klar. Erst Überflieger, plötzlich Opfer. Is bestimmt nicht so leicht ...
WO IST JASMIN?
Steht hier Anlaufstelle für vermisste Personen oder was? Vielleicht hat Benny endlich geschnallt, dass Gummienten nix für ihn sind, und sich neue Freunde gesucht? Solche, mit denen man was anfangen kann?
Ja, möglich ... Dann bin ich hier tatsächlich falsch.

Bitte, bitte, mach, dass Benny nichts passiert ist, bitte.

Bitte, bitte,
mach, dass Benny
nichts passiert ist,
bitte.

DASS HAMID AN DER MOSCHEE
VORBEIKOMMT, IST VIELLEICHT ZUFALL.
ABER ER STOPPT UND ÜBERLEGT UND RINGT MIT SICH,
UND DANN RENNT ER DEM IMAM PRAKTISCH DIE TÜR EIN.
ICH DAGEGEN FAHRE INS BLAUE. NA JA, NICHT GANZ. ICH BRAUCHE
NOCH EIN STÜCK, GEHT ALSO RUHIG MIT HAMID. WIR SEHEN UNS ...

ZWEI SEITEN WEITER UNGEFÄHR.
BIS DENNE, ANTENNE!

Ah, Hamid!
Bringst du mir mein Buch zurück?
Was ist passiert? Zieh deine Schuhe aus und erzähl es mir.

Wir waren auf dem Weg zum Kicken und haben gesehen, wie Benny verkloppt wurde, von ein paar anderen, und dann ...
... dann haben meine Freunde auf einmal ...
... auf ihn eingetreten.
Und ich – ich hab nix gemacht.
Ich hab mich nicht getraut.
Das war so ...
Nur weil er ... Jude ist.
Auf einen wehrlos am Boden Liegenden getreten?
Was sind das für Freunde? Kenne ich sie? Dein Bruder?
Hamid. Du zeichnest doch, was du siehst. Aber was ist mit den Dingen, die man nicht sieht? Die man spürt?
Was für Dinge?
Zum Beispiel wahre Freundschaft. Wo Hass herkommt. Tritt man zu, nur weil jemand anders ist? Weil er vielleicht an andere Dinge glaubt?

ANKUNFT IM BLAUEN (IHR ERINNERT EUCH?).
EINE PERSON FEHLTE NÄMLICH NOCH, DIE ETWAS WISSEN KONNTE!

Warum bist du nicht bei Lennart?
Warum geht dich das nix an?
Lennart hat Betül aus eurer Gang geschmissen. Wegen den Handys.
Ich dachte, das interessiert dich.
Wie geht's deiner Mutter?

Benny ist verschwunden.
Hast du was damit zu tun?
Nö. Wieso?
Vielleicht bist du mal wieder ausgerastet? Was hast du immer noch gegen Benny? Gegen uns?
ALS JASMINS VATER ABHAUTE, WAREN WIR IN DER VIERTEN KLASSE.

AB DA WURDE SIE IMMER KRASSER.

SIE WOLLTE UNBEDINGT EINEN CAMPINGPLATZ AUF DIE EISENBAHN BAUEN (WAS JA AUCH OKAY WAR).

ABER DANN WAR IHR HAMIDS SYRIEN ZU GROSS UND IHRE WUT WURDE RIESIG, DIE SCHWARZE WOLKE ZUM GEWITTER.

JA UND DANN – DANN WAREN WIR NUR NOCH ZU DRITT.
JASMIN?
TJA. ALLEIN.
EINSAM.

UND SIE HAT AUCH KEINE AHNUNG, WO BENNY IST.

ABER DANN ...

WENN ICH NOCH MAL FREUNDLICH AUF SEITE 16 ZURÜCKVERWEISEN DARF:
JETZT KOMMT GLEICH DIE STELLE MIT »ICH WAR ZU DOOF UND HAB
NICHT GEMERKT, WIE ICH VERARSCHT WURDE!« ...

ECHT, ICH HÄTTE IHM EINE REINHAUEN SOLLEN! ABER ERSTENS WAR ICH ZU SCHWACH UND ZWEITENS WAR DA EIN REST VON FREUNDSCHAFT. UND VON EHRE UND HOFFNUNG UND ALL SOLCHEM ZEUG ...

Also ...
Die Lennart-Gang ...
Und ein paar arabische Jungs.
Aus dem Park. Ich bin
dann weggerannt.
Und wer war
alles dabei?
Puh.

ALSO IST DOCH WAS
PASSIERT!
Sie haben gesagt, wir
müssen 24 Stunden
warten.

Weil vermisste Kinder in dieser Zeit meistens von allein zurückkommen.
Aber nun ist die Zeit um. Und unser Benny ist zusammengeschlagen worden.
Deshalb haben wir alle Krankenhäuser kontaktiert. Dort ist er nicht.
Warum seid ihr nicht sofort zu uns gekommen? Woher wisst ihr das alles überhaupt?
Äh... weil ...
Ich gebe jetzt die Fahndung raus. Benny wird schon wiederauftauchen ...

Könnte doch sein,
dass er vor allem erst mal
weggelaufen ist. Gründe gab's
für ihn ja wohl genug.

LEVENBERG

JA.
Denn Höhlen
sind **magisch** ...

Ich mache vielen viel Sorgen, oder? Aber ich konnte an dem Abend einfach nicht mehr. Auch nicht nach Hause. Bin nur noch weggelaufen, weiter und weiter bis ... na ja - hierher.
... magisch!

Schweres Erbe, was?
Ja. Was soll ich nur machen?
Glaubst du, ich würde dir was anderes raten als diese Shuli?
... die mir wirklich gut gefällt, haha.
Sie hat mir keine Antwort gegeben.
Doch. Natürlich! Und das weißt du auch.
Und deswegen weißt du jetzt auch, was du tun musst. Ja?
Gut. Dann also raus hier.

Äh...
Autsch!
AaaaaaAAAh!

6. Kapitel

Tacheles!

DIE SUCHE NACH BENNY DAUERTE EINE GEFÜHLTE EWIGKEIT.
WIE KANN BITTE EIN MENSCH EINFACH VERLOREN GEHEN?
UNSER BESTER FREUND ...

... DER SICH ÜBRIGENS ...

... IN SACHEN COOLNESS ...

… RUHIG MAL WAS BEI SEINEN ELTERN ABSCHNEIDEN KÖNNTE. BESONDERS BEI SEINER MUTTER!

Hier war halt 'ne Menge los in letzter Zeit, mit den Handydiebstählen und ...
Wie gesagt, Konflikte gibt es an jeder Schule, Frau Levenberg.
Die gab es doch früher auch.
Aber doch keine Drohungen! Doch keinen Hitlergruß und Hakenkreuze! Das ist doch 'ne ganz andere Nummer!

Natürlich. Ja – wir haben das schon in-ten-siv im Kollegium behandelt.
Nur ...
... Na ja ... wir haben vor allem allgemeine präventive Maßnahmen ergriffen.
Eins sage ich Ihnen, Frau Rektorin: Sollte unserem Jungen was passiert sein, dann ziehen wir Sie und Ihre Schule zur Verantwortung ...
ICH SAG'S GERNE NOCH DEUTLICHER: DANN GRILLE ICH IHNEN PERSÖNLICH IHREN ARSCH! INKLUSIVE SESSEL, AN DEM ER FESTKLEBT!

Okay. Egal wer was gemacht hat. Noch! Denn das wird Konsequenzen haben.
Als wir weg sind, war er topfit.
Wichtig ist jetzt: Wo könnte er sein?

KEINE AHNUNG,
ICH SCHWÖR'S !
Außerdem
hat ER
angefangen!

10%
Kein Netz
5%

Wusstest du, dass Israelis und Juden gar nicht dasselbe sind?
Nee. Bin schon froh, dass ich weiß, wie man Falafel buchstabiert.
Nur deswegen habe ich mich mit Benny gestritten. Wegen NIX! Und deswegen ist das alles meine Schuld!
schmatz
Ey. Das bringt doch nichts! Lass uns lieber noch mal nachdenken. Was hat der Sheriff gesagt? »Vielleicht ist Benny vor allem abgehauen?«
Aber warum dann nicht nach Hause?
Hmmm. Immer wenn er Stress hatte, wollte er doch für sich sein und …

ICH SAG'S NUR UNGERN, WEIL'S AN DIESER STELLE EIN BISSCHEN DAS DRAMA UNTERBRICHT, WÄHREND DER ARME BENNY UM SEIN LEBEN KÄMPFT UND SO WEITER, ABER: AUF DEN BILDERN NEBENAN SIEHT MAN MICH NUR FALAFEL ESSEN, DOCH DAS IST EIN FAKE! IN WIRKLICHKEIT HATTE ICH AUCH NOCH EIN BAKLAVA IN DER TASCHE. ES WAR ALSO WIEDER EINER DIESER KALORIENREICHEN TAGE. ANDERERSEITS IST JA ZUCKER, WIE MAN WEISS, GUT FÜR KOPFARBEIT.
... ist allein in den Wald. Und ...
... so hat er die Höhle entdeckt!
Das hatte ich gar nicht mehr auf dem Schirm. Ist das zu irre gedacht?
Chips?

Wollen wir nicht doch lieber den Sheriff anrufen?
Und uns zum Deppen machen, wenn Benny nicht da ist?
Neeeeeee.

WENN MAN ANGST HAT UM SICH SELBER ODER UM JEMAND ANDEREN, DENKT MAN FAST GAR NICHTS.
JEDENFALLS NICHTS, WORAN MAN SICH SPÄTER ERINNERT.
EIGENTLICH DENKT MAN DIE GANZE ZEIT NUR, DASS ALLES WIEDER GUT WERDEN SOLL.
UND MAN VERSPRICHT GOTT, ALLAH ODER JEHOVA DAFÜR DEN HIMMEL AUF ERDEN!

Der wäre doch nie ohne seine Sachen weg.
Dann muss er hier irgendwo sein.
BENNY!
BENNY!

Hilfe, Hilfe.
Lieber Gott, falls es dich gibt ...
... bitte hilf mir.
Opa ... Mama ... Papa ...
... bitte!

Hier sind Spuren.
Und die führen ...
Was geht bitte in seiner Birne ab? Erst wird er verkloppt und dann latscht er hier rein?
Wie Tom Sawyer.
Hä?
Na, aus dem Buch »Tom Sawyer und Huckleberry Finn«. Da ist Tom auch in 'ne Höhle, hat sich verlaufen und ...
Aber der hatte sicher keinen Höhlenforscher-Opi und keine Ahnung von Höhlen, oder?
BENNY!!!!

WIR LAUFEN ALSO IMMER TIEFER IN DIESEN GANG REIN, ALS PLÖTZLICH …

BENNY?!
Pssst, sei mal still!
BENNY?
BENNY!!!
Charly? Oh, Charly, ich bin hier unten.

UND ???

Neee, alles schwarz.
ICH SEH IHN!
Anstrengend, an dieser spannenden Stelle das Buch so doof zu halten, oder? Okay, ist ja auch nicht gerade gemütlich. Gut, dann dreht es wieder richtig rum.

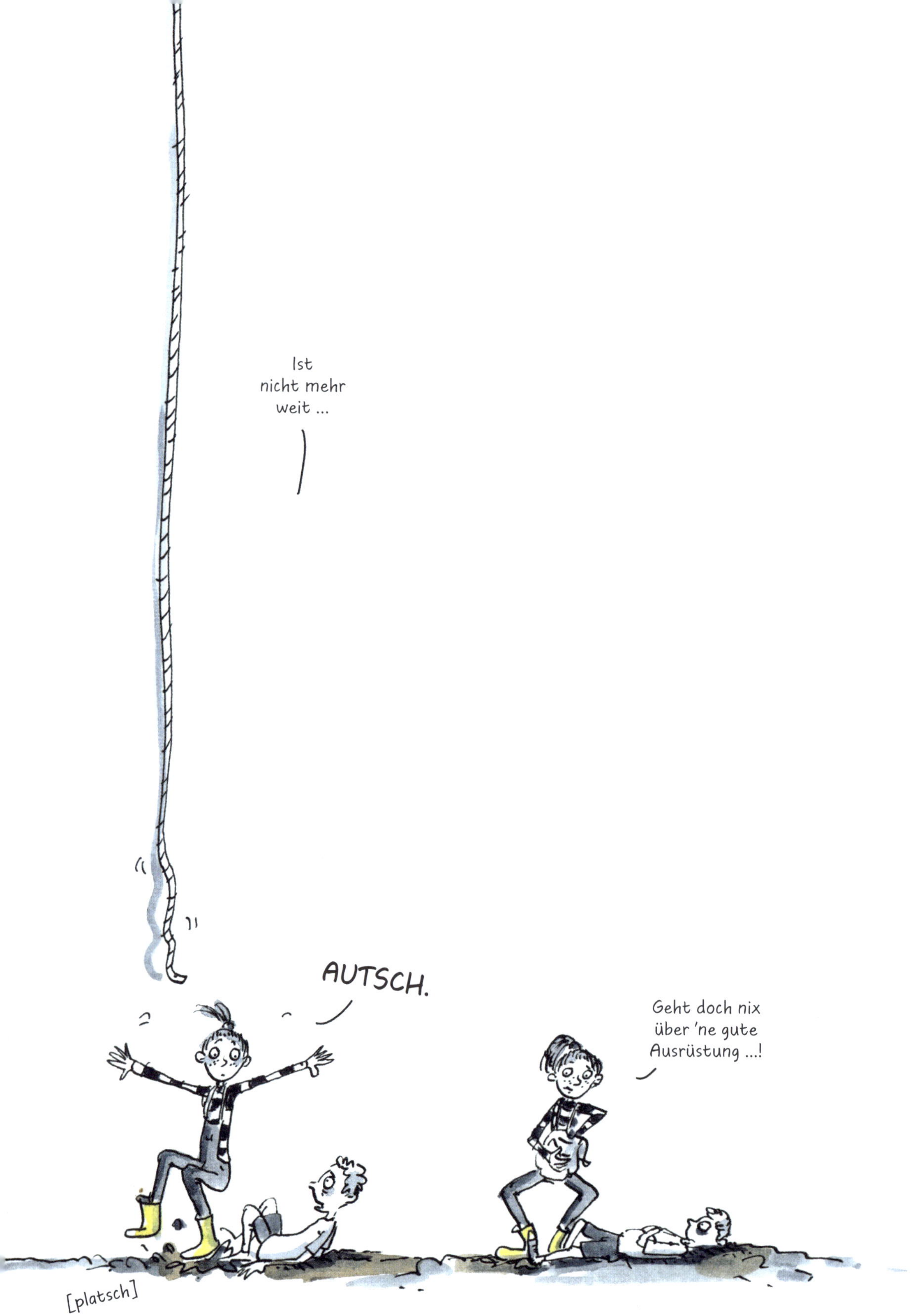
Ist
nicht mehr
weit ...
AUTSCH.
[platsch]
Geht doch nix
über 'ne gute
Ausrüstung ...!

HAMID!
DU KANNST JETZT
DEN SHERIFF RUFEN
GEHEN!
Ich komm
in Gelb oder gar nicht.
Weißte doch.
[gluck
gluck]

ERINNERT IHR EUCH? DER ANFANG.
UND DAS ENDE DER GESCHICHTE?

OKAY, BEVOR JETZT »ENDE GUT, ALLES GUT« LOSGEHT,
HIER NOCH EINE INTERESSANTE BEOBACHTUNG:
WENN DIE ANGST WEG IST, DIE EINEN AM DENKEN GEHINDERT HAT,
KOMMT DIE ERLEICHTERUNG. MIT DER IST ES ABER NICHT VIEL BESSER,
DENKTECHNISCH BETRACHTET. NA GUT, IMMERHIN EIN BISSCHEN.
ICH WERDE ZUM BEISPIEL NIE VERGESSEN, WAS SHERIFF KLEIN AN DIESEM TAG
FÜR EIN HÄSSLICHES HEMD ANHATTE!

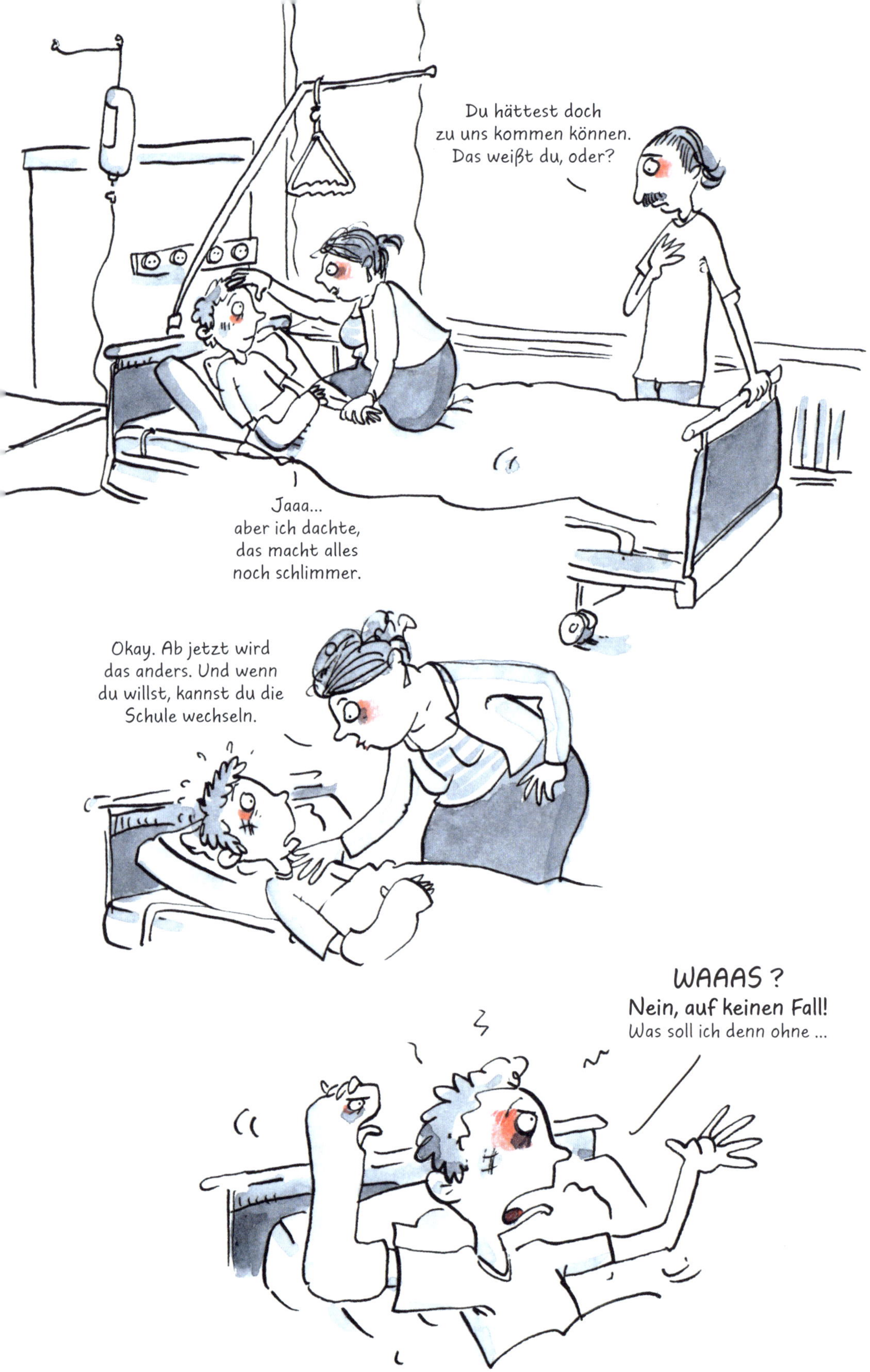
Du hättest doch zu uns kommen können. Das weißt du, oder?
Jaaa... aber ich dachte, das macht alles noch schlimmer.
Okay. Ab jetzt wird das anders. Und wenn du willst, kannst du die Schule wechseln.
WAAAS?
Nein, auf keinen Fall!
Was soll ich denn ohne ...

Hey!
Dürfen wir?
Tut mir leid, alles.
Angenommen.
Ehmmm.
Das ist alles?
Nach all dem Stress? Einfach 'tschuldigung und gut?
Nicht ganz: Tut mir auch leid.
ANGENOMMEN!

Und was ist mit dem ganzen Allah- und Judenkram und …
Tut UNS leid!
Dass wir solche Idioten waren. Vielleicht kapieren wir das, wenn wir groß sind.
Glaub ich nicht. Mein Imam sagt, das kapieren nicht mal die Erwachsenen.

SAG ICH DOCH: »ENDE GUT, ALLES GUT.« WENN AUCH NUR UNTER MITTELSCHWEREN ANSTRENGUNGEN. DENN, KLAR, ALLE ENTSCHULDIGUNGEN WAREN ERNST GEMEINT, UND JEDER DANK, UND DAS FÜHLTE SICH GUT AN. ABER ES SOLL MAL BLOSS KEINER BEHAUPTEN, DIE JUNGS HÄTTEN SICH DABEI IRGENDWIE EMOTIONAL ÜBERANSTRENGT!

WAS JETZT NOCH FEHLT, IST: »ENDE GUT, ALLES SCHLECHT.«
JEDENFALLS FÜR EINIGE MITWIRKENDE. BENNY ZUM BEISPIEL KÜNDIGTE AN,
ER HABE SICH NOCH WAS ÜBERLEGT. ABER DER SOLLTE ERST MAL GESUND WERDEN,
DANN KONNTE ER UNS SEINEN PLAN IMMER NOCH VERR…

Na, komm. Meine Eltern meinen, ich bräuchte besseren Umgang. Stimmt ja auch.
Ich meine, du hast doch wohl hoffentlich nicht geglaubt, dass ich mich ewig mit 'nem Küken wie dir abgebe, oder?
HÄ?
Wumms!
Wenn's dir hilft …?
Weißt du eigentlich, was dein KÜKEN alles gemacht hat?
Wild mit Onkel Lennart geknutscht! Nachhilfe?
Das Hakenkreuz hab ICH gemalt. Und dein Handy in Hamids Spind: Das war ich auch.
Ah. Jetzt kapier ich. Rache. Weil die drei dir auch mal Bye-bye gesagt haben. Wart ihr nicht mal dicke? Aber dich allein im Regen stehen lassen … besser nicht, sonst Stress, was?
Bullshit.
Bye! Du hast echt ein Rad ab. Wie deine Mutter.

LENN-MAN ABGESCHOBEN, DIE HEIMLICHE DRAHTZIEHERIN IM AUS. DAS HÄTTE SICH GUT ANFÜHLEN SOLLEN, ODER? TAT ES ABER NICHT. TAT ES GANZ UND GAR NICHT. IRGENDWIE WAR KLAR, DASS DIE SACHE NOCH NICHT GANZ AUSGESTANDEN WAR. JASMINS WUT ... IHRE SCHRECKLICHE WUT ...

EIN PAAR TAGE SPÄTER WURDE BENNY ENDLICH ENTLASSEN.
ZEIT FÜR »DEN PLAN«!

WIR HATTEN IMMER ALLES
ALLEIN REGELN WOLLEN.
ALSO, ZU DRITT ALLEIN.

WIE DREITEILIGE EINZELKÄMPFER.

ABER DAMIT
WAR JETZT SCHLUSS.

DIESER PLAN – BENNYS PLAN –
BASIERTE GENAU AUF DIESER TATSACHE:
DASS MAN UNS IMMER NUR GETRENNT ERWARTETE.

ABER ERST MAL BEDEUTETE DER PLAN FÜR UNS JEDE MENGE ARBEIT.
UND ZWEITENS ERFORDERTE ER JEDE MENGE MUT …

ALS JASMIN BENNYS GIPS MIT IHREM SKATEBORD SIGNIEREN WOLLTE, TRATEN HAMID UND ICH AUF DEN PLAN: ÜBERRASCHUNG!
DIE DANN LEIDER SCHNELL AUCH EIN BISSCHEN AUF UNSERER SEITE WAR, WEIL JASMIN SICH VOR DEM TREFFEN GLEICHFALLS VORBEREITET HATTE.

YES. DAS ESKALIERTE QUICKLY, WIE MAN SO SCHÖN SAGT.

MOMENT!

MAN KANN HALT EINFACH NICHT REDEN MIT IDIOTEN. JASMIN WURDE SOFORT AGGRESSIV, ALS BENNY SIE KONFRONTIERTE.

EIGENTLICH WOLLTE ER IHR EIN FRIEDENSANGEBOT MACHEN, ABER SIE REDETE VON VERTRAUENSBRUCH, WEIL ER NICHT ALLEINE GEKOMMEN WAR, UND – TRARAH! – DA MARSCHIERTEN DANN AUCH SCHON IHRE LEUTE AUF.

ABER WIR HATTEN KEINE ANGST MEHR! BENNY DROHTE JASMIN DANN, SIE ANZUZEIGEN, WENN DIE UNS NICHT IN RUHE LIESS. SCHLIESSLICH HATTE SIE JA LENNARTS HANDY GEKLAUT, DAS HAKENKREUZ AN DIE TAFEL GEMALT UND ... NA JA.

ALS BENNY SAGTE, SIE HÄTTE DIESE »PENNER« AUFGEHETZT, DA FÜHLTE MECKIE SICH ANGESPROCHEN. ABER DASS ER DANN ...

NA JA, SEHEN WIR WEITER.

[wuaaahaa]
WUAAAHAAA
SPINNST DU JETZT KOMPLETT ODER WAS ????
AUUUU. MEIN ARM!
REICHT DAS JETZT?
JAAAAA. GIB'S ZURÜCK.
Ja. Irgendwann mal, du Psycho.
Du kannst mich mal, Schlampe!

Danke.
Wofür?
Ist das jetzt alles geklärt?

Ja, wofür?
(...)
Nein.
Jetzt geht alles
erst richtig los.

UND DAS BEDEUTETE NOCH MAL MUT, ZWEITE RUNDE. AM NÄCHSTEN TAG GINGEN WIR ZUM SHERIFF. VOR ALLEM FÜR HAMID WAR DAS KEIN LEICHTER WEG.

أنت أخي!
(Du bist mein Bruder!)
VERRÄTER!
Du hast meinen Freund verprügelt.
Wir mussten dich anzeigen.
Ich sage nicht gegen dich aus. Aber ich helfe dir auch nicht.
Ich habe Mama und Papa alles erzählt. Ich gehe zurück. Zu Onkel Sinan.
Familienbeschluss, Bruder. Alles gut. Da komme ich besser klar.
Ich liebe euch über alles. Salam.

UND DAS WAR'S. BIS AUF EIN PAAR KLEINIGKEITEN.
ZUM BEISPIEL DIE, DASS CHARDA – NACH ERSTAUNLICH KURZEM WIDERSTAND IHRER ELTERN – MIT IHRER PHILIPP-KARTOFFEL GLÜCKLICH WERDEN DURFTE.
ODER DASS JASMIN ZU SOZIALHILFESTUNDEN VERKNACKT WURDE …
DIE SIE AUCH TATSÄCHLICH ANTRAT!

VOR ALLEM ABER WAR DA NOCH HAMIDS MANGA,
DEN ER IN DEN FOLGENDEN TAGEN FERTIGSTELLTE –
EIN COMIC, DER ALLEN HIER DIE AUGEN ÖFFNETE.
(HAMID ZEICHNET ABER AUCH ECHT GROSSE AUGEN, HAHA!)

NIEMAND DARF SICH VERKRIECHEN.
EGAL IST:
WAS DU GLAUBST.
WER DU BIST.
WAS DU FÜHLST.
SIE PICKEN DICH RAUS
UND STELLEN DICH BLOSS.
DIE, VON DENEN ALLES AUSGEHT.

DIE MOBBER*INNEN.
DIE DIE COOLSTEN SEIN WOLLEN.

(OBWOHL ODER WEIL SIE FRÜHER VIELLEICHT SELBST ANGST HATTEN UND IRGENDWANN DIE SEITEN GEWECHSELT HABEN.)

IHRE MOBBER*INNENHELFER*INNEN.
DIE SICH SOOO STARK FÜHLEN ...

... UND IHRE MACHT GENIESSEN.

DIE WEGSCHAUER*INNEN.
OHNE DIE GEHT'S NICHT.
(DIE SIND OFT NUR FROH, NICHT SELBER DAS OPFER ZU SEIN.)

UND DIE OBERWEGSCHAUER*INNEN.
(DIE KEINE ZEIT HABEN, KEINE UNTERSTÜTZUNG KRIEGEN, DIE NICHT HINSCHAUEN WOLLEN. OBWOHL ES IHR VERDAMMTER JOB IST!)

BAM!
KICK!
Schaut's euch ruhig noch mal an:
So was soll nie wieder passieren!

Wichtig ist, dass wir offen bleiben!
»ES IST NICHT DIE GANZE WELT MESCHUGGE.« Sagt ein jüdisches Sprichwort.
Wichtig ist Freundschaft.

»Die ganze Welt«
trägt auch keine nagelneuen
gelben Sicherheitsgummistiefel!
Haha,
und rein optisch
ist das auch echt
besser so!

ENDE
SUF
NIHAYA

Außerdem von Andreas Steinhöfel im Carlsen Verlag erschienen:

Rico, Oskar und die Tieferschatten (Rico und Oskar 1)
Rico, Oskar und das Herzgebreche (Rico und Oskar 2)
Rico, Oskar und der Diebstahlstein (Rico und Oskar 3)
Rico, Oskar und das Vomhimmelhoch (Rico und Oskar 4)
Rico, Oskar und das Mistverständnis (Rico und Oskar 5)
Dirk und ich
Es ist ein Elch entsprungen
Die Mitte der Welt
Beschützer der Diebe
Paul Vier und die Schröders
Anders

Melanie Garanin im Carlsen Verlag:
Nils – Von Tod und Wut. Und von Mut.

Dank an

Sabine, Bettina, Minou, Greta, Peter, David, Georg, Artur, Julius,
ohne die dieses Buch niemals fertig geworden wäre,
weil man alleine nicht alles schaffen kann.

Melanie Garanin

Wir produzieren nachhaltig
- Klimaneutrales Produkt
- Papiere aus nachhaltigen und kontrollierten Quellen
- Hergestellt in Europa

MIX
Papier aus verantwortungsvollen Quellen
FSC® C002795
FSC www.fsc.org

ORIGINALAUSGABE

Gestaltung: Melanie Garanin
Manga-Sequenzen nach Zeichnungen von David Füleki
Redaktion: Sabine Witkowski
Herstellung: Bettina Oguamanam
Lettering: Peter Mrozek
Scans: Greta Garanin

ISBN 978-3-551-79609-7

Wald
Hügellandschaft
Skaterpark
Verlassenes
Gebäude
Schreinerei
Levenberg
Kiosk
Basketball-
platz
Jüdischer Friedhof
Raduans
Treffpunkt
Wüstenhäuser
Syrische Wüste mit
ein paar Palmen